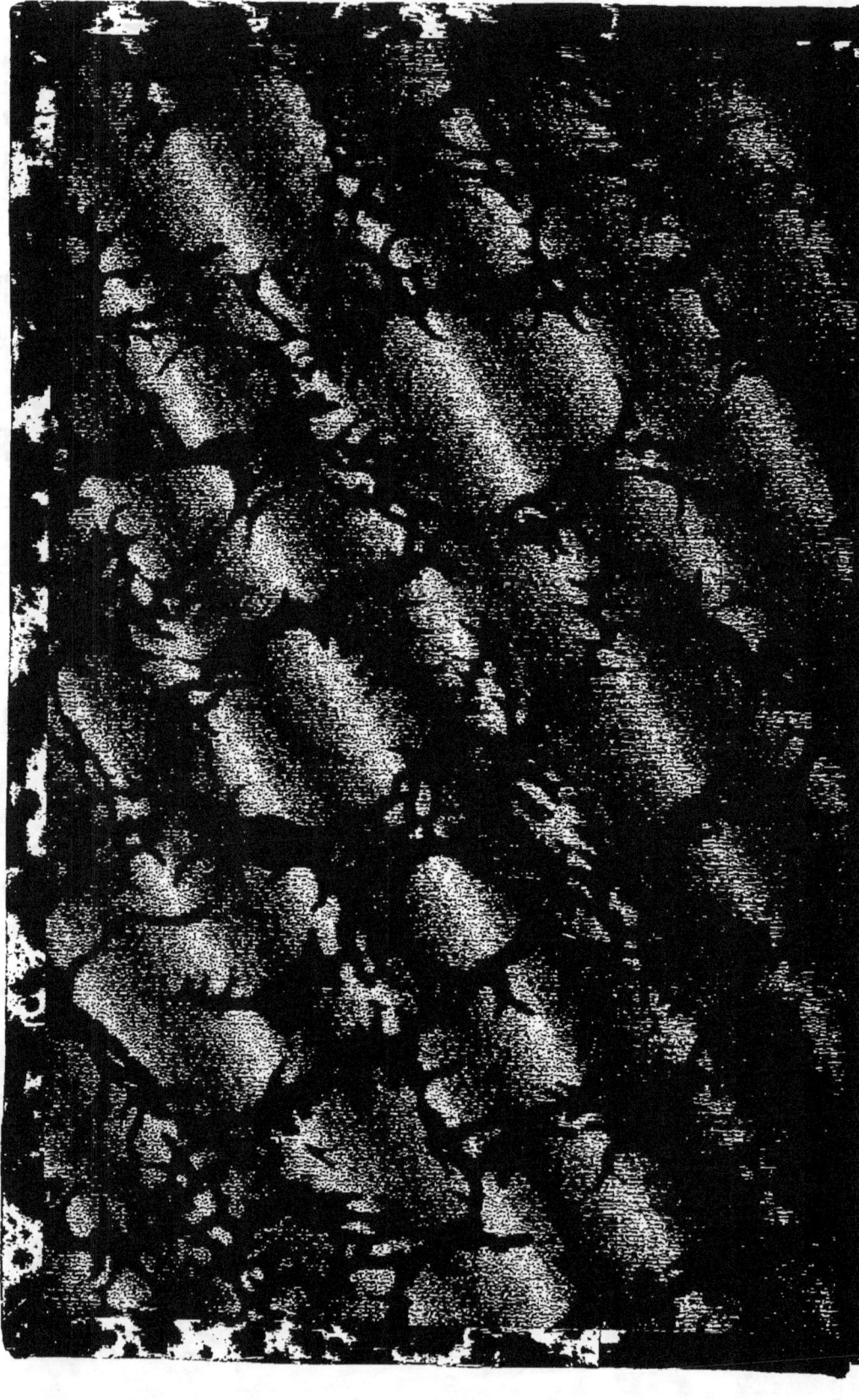

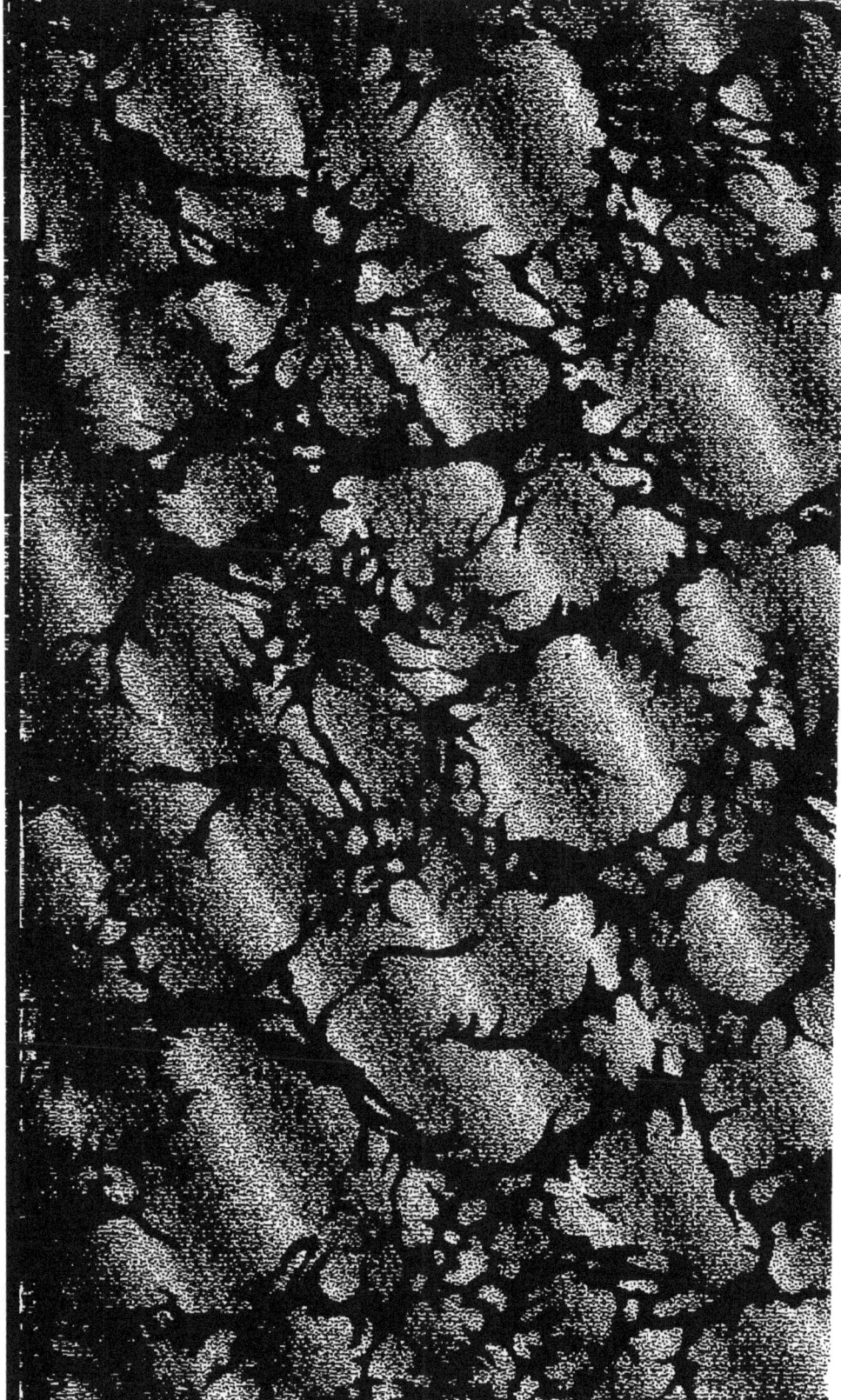

LE HASARD

DU

COIN DU FEU

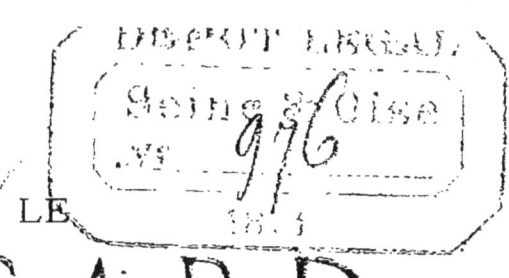

LE
HASARD

DU

COIN DU FEU

PAR

CRÉBILLON FILS

SCIENTIA DUCE

PARIS

Isidore LISEUX, Éditeur

Rue Bonaparte, n° 2

1881

AVERTISSEMENT

On n'édite guère la *Nuit et le Moment* sans l'accompagner du *Hasard du coin du feu;* ce sont deux compositions du même genre, qu'on ne sépare pas l'une de l'autre: elles sont destinées à se faire pendant, quoiqu'écrites par l'auteur à près de dix ans de distance (1755-1763). Avec ces deux petits romans dialogués, on a, comme le dit très bien Ch. Monselet, le *Théâtre complet* de Crébillon fils. « Ne souriez pas, » ajoute-t-il, «ce théâtre-là en vaut bien d'autres. Dans la *Nuit et le Moment*, il n'y a que deux personnages: Clitandre et Cidalise; la scène se passe au petit coucher de cette dernière. On assiste à un siège en règle: quel tacticien que Crébillon! Ainsi qu'on le devine, la place est forcée de se rendre,

et, au lendemain matin, Cidalise et Clitandre refont ensemble le lit. Tenez ce dialogue
pour un chef-d'œuvre. Les personnages,
dans le *Hasard du coin du feu*, sont au
nombre de quatre : le Duc, la Marquise,
Célie et La Tour, valet de chambre de Célie.
Cette fois il s'agit d'une femme qui se laisse
ravir insensiblement les dernières faveurs,
sans avoir pu amener son vainqueur à lui
dire ces trois mots indispensables: *Je vous
aime*. Comme esprit, comme sous-enten-
dus, comme peinture de mœurs, l'auteur
tant vanté du *Caprice* n'a jamais fait aussi
bien. Je dois avouer pourtant que la mise
en scène des Proverbes de Crébillon offri-
rait plusieurs difficultés. » C'est bien aussi
notre opinion; l'action, arrivée à une certaine phase, atteint un tel degré d'anima-
tion, que le public s'effaroucherait d'une
mimique aussi expressive; mais à la lecture
on est sous le charme, et le dénouement
est si bien préparé, si finement gazé, que
personne n'est tenté de jeter le holà.

Un petit point négligé par Ch. Monselet
dans la rapidité de son appréciation: la
Nuit et le Moment, c'est le siège d'une

femme par un homme, avec toutes les roueries, toutes les feintes, toutes les hardiesses de la stratégie amoureuse ; le *Hasard du coin du feu* développe les incidents de la situation contraire : le siège d'un homme par une femme. La stratégie opère en sens inverse et d'une façon peut-être plus délicate encore : car si l'homme ne craint guère de montrer à une femme qu'il la désire, la femme est naturellement plus réservée ; son rôle est d'amener tout doucement à ce qu'on s'aperçoive de ce qu'elle ne peut dire et, après être arrivée à son but, d'avoir encore l'air de se faire prier, ou de pousser les cris d'une pauvre victime prise de force. Crébillon a nuancé tout cela avec un art parfait. Célie est laissée seule, au coin du feu, en tête à tête avec le Duc, l'amant déclaré de son amie, la Marquise. Le Duc, un causeur étincelant d'esprit, effleure toutes sortes de sujets galants ; Célie manœuvre pour faire prendre un tour plus intime à la conversation, qui tantôt s'éloigne, tantôt se rapproche du terrain sur lequel elle voudrait la fixer : une déclaration en bonne forme. Mais le Duc est trop attaché à la Marquise. Toutefois, il n'a pas la sottise de laisser échapper une occasion pareille, et l'originalité de la scène, c'est l'entêtement qu'il met à ne pas donner à Célie cette satisfaction très mince, tout en l'accablant de protestations bien plus directes. Avec elle, il entend réduire l'amour à la formule de Chamfort: l'échange de deux fantaisies et le contact de deux épidermes. C'était à peu près la formule de tout le monde, au XVIIIe siècle.

Paris, Mai 1881.

ALCIDE BONNEAU.

LE HASARD

DU

COIN DU FEU

DIALOGUE MORAL

INTERLOCUTEURS

CÉLIE.
LA MARQUISE.
LE DUC.
LA TOUR, valet de chambre de Célie.

La Scène est à Paris, chez CÉLIE ; et l'action se passe presque toute dans une de ces petites pièces reculées, que l'on nomme BOUDOIRS. A l'ouverture de la Scène, CÉLIE paraît couchée sur une chaise longue, sous des couvre-pieds d'édredon. Elle est en négligé, mais avec toute la parure et toute la recherche dont le négligé peut être susceptible. LA MARQUISE est au coin du feu, un grand écran devant elle et brodant au tambour.

LE HASARD

DU

COIN DU FEU

DIALOGUE MORAL

SCÈNE PREMIÈRE

CÉLIE, LA MARQUISE

CÉLIE, *poussant un profond soupir.*

En vérité ! Monsieur d'Alinteuil, tout mon ami que vous êtes, vous m'obligez bien sensiblement de vous en aller.

La Marquise. Il est vrai que sa présence paroissoit vous être si à charge, que j'ai peine à comprendre comment il ne s'en est pas aperçu.

Célie. Oh ! je ne suis pas sa dupe : il le voyoit bien ; mais il trouvoit tant de douceur à jouer le rôle d'amant outragé ! Il croyoit même y mettre tant de dignité, qu'il étoit tout simple qu'il cherchât à le prolonger le plus qu'il lui seroit possible.

La Marq. Les hommes, en voulant satisfaire leur vanité, nous donnent quelquefois de bien risibles spectacles ; et je doute fort que, s'ils savoient combien ils nous amusent quand ils prennent avec nous l'air piqué, et qu'ils n'intéressent pas notre cœur, ils n'aimassent pas mieux renfermer leur ressentiment que de nous le montrer.

Célie. Assurément ! Quand l'amour leur tourne la tête, on peut dire qu'il la leur tourne bien !

La Marq. Bon ! l'amour ! il est bien à présent question de cela !

Célie. Quoi ! Est-ce que vous croyez qu'il ne vous a pas aimée ?

La Marq. Je me souviens qu'il m'a dit qu'il m'aimoit ; et il m'a, en effet, tant excédée du récit de ses tourments, qu'il seroit difficile que je ne me le rappelasse pas ; mais, malgré toute l'importunité qu'il a cru devoir y mettre, il s'en est fallu beaucoup que j'aie été convaincue de ce qu'il vouloit que je crusse.

CÉLIE. Je ne doute cependant pas qu'il ne vous dît très vrai ; mais, comme vous ne l'ignorez pas, ce n'est point le sentiment que nous inspirons, mais le sentiment qu'on nous inspire, qui nous persuade.

LA MARQ. Il falloit, à la cruelle opiniâtreté qu'il y a mise, qu'il n'admît pas cette maxime, ou qu'il crût ce que tous les opéras du monde disent, et si faussement, du mérite de la constance.

CÉLIE. Mais qu'espéroit-il ? Ne voyoit-il pas bien que vous aimiez Monsieur de Clerval ? Et se flattoit-il de vous rendre inconstante ?

LA MARQ. Pourquoi point ? Soit par le peu de cas qu'ils font de nous, ou par la haute opinion qu'ils ont d'eux-mêmes, avez-vous jamais vu d'hommes à qui la

I.

certitude d'avoir un rival aimé fît abandonner le dessein de plaire ?

CÉLIE. Moins il pouvoit ignorer votre
façon de penser, moins l'espoir lui pouvoit être permis ; et je m'étonne en conséquence qu'il en ait pu concevoir une
minute.

LA MARQ. Ma façon de penser ! Eh !
depuis quand donc les hommes nous
font-ils l'honneur de nous en croire
une ?

CÉLIE. A ce que je vois, Monsieur
d'Alinteuil n'a été qu'un fou, et, qui pis
est, l'est encore. Car que veulent dire
les façons qu'il vient d'avoir avec vous ?
Que tant qu'il vous a aimée il ait été
piqué de n'avoir pas pu vous plaire, et
que même il vous en ait haïe : c'est un
effet du sentiment et de l'orgueil également blessés, qui, pour être fort injuste,
ne m'en surprend pas beaucoup plus.
Mais ce qui, je l'avoue, me paroît le
comble de la déraison, c'est qu'aussi
amoureux de Madame de Valsy qu il en
est aimé, il paroisse encore autant vous
haïr, de ce que vous n'avez point

répondu à sa passion, que si vous n'eussiez pas cessé d'en être l'objet.

La Marq. Cela ne me surprend pas,
moi. Ce n'est pas d'aujourd'hui que je
sais que la vanité se souvient de ces
sortes de malheurs, longtemps après que
le cœur les a oubliés.

Célie. S'il va porter à Madame de
Valsy toute l'humeur qu'il vient de nous
montrer, je doute, quelque éprise qu'elle
en soit, qu'elle ne le trouve pas, ainsi
que nous, de la plus mauvaise com-
pagnie du monde.

La Marq. Oh! son auguste front se
déridera auprès d'elle. Mais, est-ce
qu'en nous quittant, il est allé à Versailles?

Célie. Sans doute! Il l'a dit du moins.

La Marq. Je n'y avois pas pris garde:
mais voilà ce qui s'appelle de l'empressement! Dès la nuit dernière à Paris;
et ce soir auprès d'elle? Je croyois que
rien ne pouvoit égaler le froid qu'il fait
aujourd'hui; mais je vois qu'on pourroit
très bien y comparer le feu qui le
brûle.

Célie. Voilà pourtant l'amant que vous avez dédaigné.

La Marq. Et que j'ai, au surplus, l'injustice de ne regretter guère, comme vous voyez. Il est vrai que, tout admirable qu'il est, je puis dire que *j'en ai sur moi copie :* car par le même temps qu'il va rejoindre Madame de Valsy, Monsieur de Clerval vient me retrouver. Mais dites-moi, je vous prie, comment, jaloux au point où l'est Monsieur d'Alinteuil, s'arrange-t-il avec l'objet de sa nouvelle passion ? Entre nous, elle pense de manière à donner un peu d'inquiétude à l'homme qui lui est attaché.

Célie. Ah! pour cela, il seroit, s'il se pouvoit, plus jaloux encore que le *Jaloux de Navarre,* que je le défierois d'en prendre : elle ne vit exactement que pour lui.

La Marq. Je le crois bien, mais c'est que comme elle a déjà vécu pour quelques autres avec la même exactitude, et qu'elle ne les en a pas plus gardés, il ne seroit absolument pas dans son tort, si, au milieu de la vive passion qu'il inspire, il craignoit d'elle un peu d'inconstance.

CÉLIE. Pour son affaire actuelle, elle tiendra sûrement ; car ç'a été de sa part le coup de foudre le plus étonnant qu'on ait jamais vu.

LA MARQ. Bon ! Un coup de foudre ! Est-ce que vous croyez aux coups de foudre ?

CÉLIE. Mais, Marquise, est-ce que vous n'y croiriez pas, vous ?

LA MARQ. Je n'y ai pas, du moins, autant de foi qu'aux mauvaises têtes ; et je ne m'en crois pas plus dans mon tort. Il me semble, de plus, qu'il en est des coups de foudre comme des revenants. On ne voit de ces derniers, et l'on n'éprouve les autres, qu'autant qu'on a la stupidité de croire à leur existence.

CÉLIE. Quoi ! Vous proscrivez ce mouvement dont la cause nous est inconnue, et qui nous entraîne avec une violence à laquelle on voudroit vainement résister, vers l'objet qui nous enchante ; même avant que de savoir si nous le frappons

aussi vivement que nous en sommes
frappés nous-mêmes ?

La Marq. Non, en le croyant infini-
ment plus rare qu'on ne dit, je sais qu'il
existe ; mais quand je vois de combien
d'horreurs on le fait le prétexte, il s'en
faut peu que je ne sois tentée de le nier.

Célie. Est-ce donc un si grand mal,
si l'impression que l'on a reçue est aussi
forte qu'elle a été rapide, que les effets
de la passion tiennent du genre de la
passion même ?

La Marq. Oui, sans doute, c'en est
un très grand : tôt ou tard les hommes
nous punissent de nous être manqué ;
et, moins encore pour l'intérêt des
mœurs que pour le sien même, une
femme ne doit point se livrer avec une
légèreté qui l'expose toujours plus au
mépris de ce qu'elle aime, qu'elle n'en
obtient de reconnoissance. De tous les
bonheurs que l'amour peut lui offrir,
le premier, le plus essentiel, le moins
idéal, est le bonheur d'être estimée de
son amant. Si le caprice ne le recherche
point, l'amour ne saurait s'en passer ;

ou, du moins, ne s'en passe jamais sans en être cruellement puni.

CÉLIE. Et pourtant, se rendre promptement ; se rendre tard ; être estimée à cause de l'un, méprisée par rapport à l'autre : tout cela, dans le fond, pure affaire de préjugé.

LA MARQ. Je suis fort éloignée de penser comme vous sur cela ; mais, en supposant que vous eussiez raison, tout préjugé, dès qu'il peut être la source ou le soutien d'une vertu, quelle qu'elle soit, ne mérite pas moins de respect que le plus incontestable des principes.

CÉLIE. A vous parler naturellement, je crois bien chimérique la différence qu'on s'efforce d'établir entre ces deux choses-là.

LA MARQ. Pardonnez-moi : il y en a une entre elles, et même beaucoup plus réelle que vous ne pensez, c'est que si les préjugés nous soutiennent jusqu'à l'occasion, ils nous y laissent ; et que les principes nous la font braver.

CÉLIE. Quoi ! Ils nous font braver

l'amour, les principes ! Il faut avouer qu'ils ont là un bien beau secret !.

La Marq. Non, ils ne le font pas braver : nous n'en cédons pas moins ; mais nous en cédons avec plus de noblesse. Tout ce qui nous heurte ne nous fait pas tomber. Si, comme il n'est que trop vrai, les principes ne triomphent point de la sensibilité du cœur, ils ont, du moins, le pouvoir de dissiper les illusions de l'amour-propre ; de maîtriser l'imagination ; de commander aux sens ; et quand une femme n'a pas contre elle de si redoutables ennemis, et qu'il ne lui reste plus que l'amour à combattre, encore pour la vaincre, faut-il qu'on lui en inspire ; et quand la sotte ambition de tourner des têtes et la vanité ne la séduisent point, cela ne devient pas si facile.

Célie. Vous attribuez donc à la vanité bien de l'empire sur nous ?

La Marq. Pour juger combien aisément on flatte la nôtre, il ne faut que considérer avec quelle facilité on la blesse.

CÉLIE. Si elle est tout à la fois aussi puérile et aussi délicate que vous le prétendez, je crois que l'on doit moins en accuser la nature, qui, à cet égard peut-être, a moins de tort avec nous qu'on ne le dit, que notre éducation qui ne nous la tourne que sur de petits objets ; et les hommes qui, par le genre de leurs éloges, achèvent toujours en nous ce que l'éducation n'avoit fait que commencer.

LA MARQ. Le premier de ces reproches est très fondé, sans doute ; quant au second, on pourroit y répondre, que comme quand l'on tend un piège à quelque animal que ce soit, on a soin de le munir de l'amorce qui a le plus en elle de quoi l'y attirer ; de même les hommes ne nous disent tant que nous sommes belles, que parce qu'ils savent que de tout ce qu'ils pourroient nous dire, ce sera ce qui nous flattera le plus ; que l'amour-propre est toujours en nous plus susceptible de reconnoissance que le cœur ; et que la plus sûre voie qu'ils aient pour gagner le dernier, est de flatter l'autre. Si donc nous ne prisions

2

la beauté, et la peine qu'ils prennent de nous vanter nos charmes, que ce qu'elles valent en effet ; que nous missions à être estimables, la vanité que nous mettons à n'être que belles ; que nous crussions enfin (ce qui est de la dernière et de la plus incontestable vérité) que l'amour promet plus de bonheur qu'il n'en procure, et que la vertu en procure toujours plus encore qu'elle n'en promet ; vous verriez que leurs triomphes et nos chutes ne seroient pas si fréquents ; et que, si nous le craignions davantage, le malheur d'aimer ne seroit plus si souvent compté parmi les nôtres.

CÉLIE. Je ne suis point surprise qu'avec une pareille façon de penser, vous ayez tant fait attendre, à Monsieur de Clerval, son bonheur.

LA MARQ. Il est vrai qu'il ne m'a pas conquise à bon marché.

CÉLIE. Ah ! dites-moi un peu, je vous prie, Marquise, comment vous attaqua-t-il ?

La Marq. Comme, apparemment, il falloit que je fusse, puisqu'il m'a prise.

Célie. Je vous demande pardon ; mais c'est que je me souviens de lui avoir vu certain air léger qui, dans vos idées sur tout cela, ne devoit pas le rendre fort propre à vous plaire.

La Marq. A cet égard, les femmes n'ont guère à se plaindre des hommes, que quand elles auroient à se plaindre d'elles-mêmes. Je puis vous assurer, par exemple, que si Monsieur de Clerval ne m'eût pas dit quelle avoit été sur cela sa méthode la plus ordinaire, je n'aurois jamais eu de quoi m'en douter ; mais, malgré cela, je ne serois point surprise qu'en certaines occasions l'air léger dont vous parlez ne lui parût encore nécessaire.

Célie. Comment ! En de certaines occasions ! Est-ce que vous ne l'auriez pas rendu fidèle ?

La Marq. Non ; mais constant ; et, à mon sens, c'est beaucoup plus.

Célie. Quoi ! Vous lui passez des infidélités !

La Marq. Je crois, en effet, lui en avoir pardonné quelques-unes.

Célie. Assurément, vous êtes douée d'une belle patience !

La Marq. Bon ! Quand on est sûre du cœur d'un homme, qu'on le connoît honnête, et que l'on sent que, du côté des choses qui seules sont en droit de former un attachement durable, on a de quoi le fixer, qu'importent tous ces petits écarts dans lesquels les entraînent l'occasion, le caprice, et cette fureur de conquérir qu'ils nous reprochent tant ; et dont je les crois, pour le moins, aussi atteints que nous-mêmes.

Célie. En vérité ! Je ne vous conçois point.

La Marq. Il est pourtant bien aisé de me concevoir : c'est que j'ai moins de vanité que d'amour, et que je ne confonds pas avec ses sens les sentiments de ce que j'aime.

Célie. Mais, si je m'en souviens bien, je ne vous ai pas toujours vue si tranquille.

La Marq. Je l'avoue ; et cela étoit tout

simple. Monsieur de Clerval avoit, dans
le monde, plus usé son imagination que
son cœur; mais je n'en savois rien, et la
peur m'étoit permise. Rien, il est vrai,
n'égaloit sa vivacité pour moi; mais,
quoiqu'il parût fort amoureux, il se pouvoit qu'il ne fût qu'ardent, et qu'il s'y
trompât lui-même. D'ailleurs, la galanterie naturelle de son esprit; la noblesse
et les agréments de sa figure; la façon
dont-il avoit vécu dans le monde; sa
réputation assez faite pour alarmer un
cœur tendre; l'idée qu'il sembloit avoir
des femmes et, qu'à celles qui l'avoient
occupé jusque-là, il ne se pouvoit point,
en effet, qu'il n'en eût pas prise, justi-
fioient ma défiance. S'il ne m'eût jamais
montré que des désirs, il ne l'auroit pas
bannie; il m'a prouvé de l'estime, et m'a
tranquillisée.

CÉLIE. Vous êtes assurément une maîtresse bien commode! Vous croyez donc,
comme ils voudroient que nous fissions
toutes, qu'ils peuvent être infidèles, et
n'en pas moins aimer?

LA MARQ. Sans doute: ils sont nés

2.

libertins : tout les tente ; mais tout ne
les soumet point ; et je ne trouve pas si
chimérique la différence qu'ils s'obsti-
nent à mettre entre ces deux choses-là.
Encore une fois, fantaisie n'est pas amour ;
et si j'ai vu Monsieur de Clerval revenir
quelquefois à moi un peu éteint, je ne
l'en ai pas moins retrouvé fort tendre.

CÉLIE. Je ne sais que vous dire ; mais
il me semble que vous risquez beaucoup
de lui permettre de ces écarts-là.

LA MARQ. Je risquerois beaucoup plus,
selon moi, à les lui défendre. Tout ce
qu'on gagne à gêner les hommes dans
leurs caprices, c'est de les y attacher davantage ; et quelquefois de leur en faire
des passions. Je veux, d'ailleurs, qu'il
en soit ramené par le vide qu'il y trouve ;
le goût du plaisir ne s'use en eux que
par le plaisir même. S'il mettoit de l'air
à toutes ces misères-là, loin qu'il se cor-
rigeât d'y attacher une sorte de prix, il
tiendroit sans doute à la fureur des conquêtes jusqu'à l'âge auquel elle ne peut
plus donner que le dernier et le plus
dégoûtant des ridicules : mais il n'est

que libertin; et avec la façon de penser que je lui connois, il ne me sera pas bien difficile de le faire revenir d'un travers dont, par le secours du temps et de ses seules réflexions, il sentiroit de lui-même tout le faux.

CÉLIE. Je ne puis, Marquise, que vous admirer; vous imiter ne seroit pas en mon pouvoir. Hélas! le pauvre Prévanes a fait vainement tout ce qu'il a pu pour que je pensasse comme vous : nous avons eu pour cela des scènes!... Ah! que je me les reproche aujourd'hui! Qu'il m'est affreux de me souvenir que j'ai cent fois fait le malheur de sa vie!... Grand Dieu! Quelle idée!... Et il n'est plus!

LA MARQ. Eh! Célie! Quel malheureux souvenir!... Mais j'entends une chaise : c'est sûrement le Duc. Voulez-vous que je le gronde d'être arrivé si tard? Vous verrez un homme bien embarrassé. Il est tout à fait plaisant quand il croit m'avoir donné de l'humeur.

CÉLIE. Hélas! Marquise, que vous êtes heureuse! La seule félicité qui puisse me rester au monde est le spectacle de la vôtre. Puisse-t-elle être aussi durable que vous le méritez. (*Elle pleure.*)

La Marq. Savez-vous bien qu'il va croire que c'est sa présence qui vous afflige; et qu'il se flattoit de vous retrouver plus raisonnable?

SCÈNE II

Les mêmes, LE DUC DE CLERVAL, LA TOUR *annonçant M. le Duc de Clerval.*

Célie.

Ah! qu'il entre, La Tour, qu'on dise là-bas que je ne veux absolument voir personne de la journée, et que le Suisse le retienne bien; entendez-vous?

La Tour. Oui, Madame. Mais cet ordre sera, je crois, fort inutile; et à l'heure qu'il est, Madame n'a pas de visite à craindre.

Célie. A l'heure qu'il est!

La Tour. Oui, Madame, à cause du temps qu'il fait.

Célie. Que vous êtes impatientants,

vous autres, avec vos raisons! Les im-
portuns ne marchent-ils point par tous
les temps? (*Le Duc entre.*) Ah! bonsoir,
mon cher Duc. Que vous vous êtes fait
attendre! Se peut-il que vous sachiez à
quel point votre présence m'est nécessaire, et que vous ayez la barbarie de
m'en priver!

Le Duc. Je ne croyois en vérité pas,
ma chère Célie, que mon absence dure-
roit si longtemps, surtout, étant parti,
sûr de l'agrément de ma charge: mais
j'avois à traiter avec le Ministre de choses particulières; et puis une promotion
qui est venue tout d'un coup sur le tapis
m'a arrêté encore. Je voulois finir mes
affaires, savoir si par hasard je n'étois
pas oublié dans la promotion; et tout
cela m'a arrêté jusqu'à cette après-dînée.
Enfin, j'ai tout terminé; et vous voyez
à la fois, en ma personne, un des... de
Sa Majesté, et un Lieutenant-Général
de ses armées. Ne vous parois-je pas bien
vénérable? (*Il salue la Marquise, et lui
baise fort tendrement la main.*)

La Marq. Nous vous faisons sur tant

d'honneur et de gloire nos très sincères compliments; mais, sans y mettre d'humeur, il me semble que vous auriez pu venir les recevoir plus tôt.

Le Duc. Puisque je ne l'ai pas fait, cela ne doit point vous paroître vraisemblable. Premièrement il falloit que je remerciasse...

La Marq. Ah! sans doute! Vous avez dit au Roi de fort belles choses. Pourriez-vous retrouver quelques traits de votre harangue? Je crois que cela étoit lumineux.

Le Duc. Mais il n'en faut pas moins attendre l'instant de se montrer; j'avois, de plus, à prêter serment, et je n'ai pas, comme de raison, été maître d'en prescrire l'heure.

La Marq. Je ne vous attendois qu'aujourd'hui : mais je m'étois flattée que vous viendriez dîner avec nous, et je suis très sérieusement piquée que vous ne l'ayez pas fait. Vous vous êtes donc bien amusé à Versailles?

Le Duc. Beaucoup, assurément. Ce n'est pourtant pas la multiplicité des plaisirs que j'y goûtois qui m'y a retenu: j'en étois même parti d'assez bonne heure pour être ici au moins deux heures plus tôt; mais le temps est si détestable, et le pavé si mauvais, que mes chevaux se sont abattus vingt fois, et que j'ai cru tout autant que je serois forcé de coucher en route.

LA MARQ. Ah oui! voilà de belles excuses!

CÉLIE. Mais, Duc, ne voudriez-vous rien prendre?

LE DUC. Je vous rends grâces, Madame. J'aurois dîné par pure complaisance, si je fusse arrivé chez vous à temps pour cela; et je m'en trouverai mieux de ne l'avoir pas fait. Seulement, pour vous faire plaisir, j'approcherai du feu.

CÉLIE. En effet! il doit être gelé.

LE DUC. Ah parbleu! toutes les pelisses du monde ne garantiroient pas du froid qu'il fait aujourd'hui: il est tel, que je ne crois point, la fameuse et terrible nuit de la retraite de Prague, en avoir essuyé un plus vif. Mais ne passons-nous pas ensemble le reste de la journée?

La Marq. C'étoit mon intention ce matin ; mais j'ai tant envie de vous punir...

Le Duc. Eh! quand je ne vous aurois vue que d'un quart d'heure plus tard, eussé-je même, en cette occasion, autant de tort que j'en ai peu, ne me trouveriez-vous pas suffisamment puni ?

La Marquise *(en lui tendant la main).* Oui, Duc ; et trop même de la peur.

Célie. Ah! Monsieur de Clerval, n'auriez-vous pas en chemin rencontré M. d'Alinteuil ?

Le Duc. D'Alinteuil! Non, est-ce qu'il est ici ?

Célie. Oui, d'hier au soir seulement.

Le Duc. Parbleu! tant pis pour lui. Et il est allé à Versailles comme cela, tout légèrement !

Célie. Assurément! Et pourquoi donc pas? Il ne m'a point dit qu'il lui fût défendu d'y paroître.

Le Duc. Ah! ce n'est point cela : mais c'est que Madame de Valsy n'a point du tout l'air de l'y attendre.

CÉLIE. Bon! Vous verrez qu'il aura oublié de l'instruire de son retour?

LE DUC. Mon Dieu! je ne doute point du tout qu'il ne l'en ait informée; mais elle pourroit, malgré cela, ne l'en pas attendre davantage.

CÉLIE. Vous me feriez mourir! Expliquez-vous. Qu'est-ce que cela veut dire?

LE DUC. Eh bien! Madame, puisqu'il faut parler sans détour, c'est qu'il court le risque du monde le plus grand de ne la pas retrouver absolument telle qu'il l'a laissée.

CÉLIE. Ah! c'est une calomnie bien atroce, et bien du pays d'où vous venez.

LE DUC. Ma foi, Madame, j'ignore si c'est, comme vous le dites, une calomnie du pays; en tout cas, j'y en ai quelquefois entendu dans lesquelles la vraisemblance n'étoit pas tout à fait si ménagée.

CÉLIE. Cela m'outre de fureur! Une femme qui l'adore! qui, de notoriété publique, ne vit que pour lui!

LE DUC. Mais, Madame, est-ce que depuis que vous existez, vous n'avez

3

jamais vu la notoriété aller de côté et d'autre ?

La Marq. Qui lui donne-t-on ?

Le Duc. Rien autre chose que le petit Frécourt.

Célie. Un enfant! Cela peut-il s'imaginer! Que peut-elle attendre de cela ?

Le Duc. Comme c'est un calcul qu'elle n'a pas eu la bonté de faire avec moi, c'est ce que j'ignore ; mais ce qui doit vous tranquilliser pour elle, c'est qu'elle a trop d'usage de ces sortes d'affaires pour qu'elle eût pris Frécourt, si elle eût cru, en s'arrangeant avec lui, en faire une si mauvaise.

Célie. Je n'en reviens pas ! Un enfant!

Le Duc. C'est peut-être pour se délasser des hommes faits.

Célie. Si ce que vous me dites est vrai, je plains bien ce pauvre d'Alinteuil, il sera encore plus désespéré que surpris.

Le Duc. Oh! pour vrai, rien ne l'est davantage, ni mieux constaté. Je les ai vus ensemble ; et c'est à qui des deux s'affichera avec le moins de ménagement ; mais est-ce que d'Alinteuil comptoit sur elle à un certain point ? Cela ne se peut pas !

La Marq. Pardonnez-moi : le moyen qu'il pût faire autrement ? C'étoit, de la part de Madame de Valsy, le coup de foudre le plus marqué qu'on eût jamais vu.

Le Duc. Ah! c'est autre chose : je n'ignore pas qu'elle y est sujette ; et quand ce seroit un mal de famille, je n'en serois pas bien étonné : il y a des races si malheureuses !

La Marq. Mais ce petit Frécourt avoit quelqu'un, ce me semble ?

Le Duc. Oui, une certaine Madame de Sprée : cette grande, grande femme, qui n'a affaire nulle part, et que l'on trouve partout, et avec qui Frécourt avoit tout à fait l'air d'une mouche qui ce seroit établie sur un colosse. Eh mais ! Parbleu! d'Alinteuil n'a qu'à la prendre, lui ; elle ne cherche qu'un vengeur ; et j'ai vu même le moment qu'elle alloit présenter un placet pour qu'on lui en fournit un.

LA MARQ. L'idée est assurément ingé-
nieuse : mais si Monsieur d'Alinteuil
est désespéré de l'inconstance de Madame de Valsy, il n'a qu'à regarder son
aventure avec Frécourt comme une
distraction, et l'attendre au réveil. Ou je
me trompe fort, ou cela ne sera pas
bien long.

LE DUC. Il y a toute apparence ; de
plus quand elle voudroit que cela durât,
l'enfant ne le voudroit pas, lui ; car il est
convaincu qu'on ne sauroit avoir avec
les femmes de trop mauvais procédés ;
et en conséquence d'une opinion si
raisonnable, il en a déjà perdu deux.
Ah ! c'est une jolie créature ! Sans principes, sans mœurs, méchant déjà comme
un aspic, ne disant pas un mot de vrai.
Son éducation n'a sûrement pas été
perdue : aussi étoit-il en main de maître.

LA MARQ. Ah ! laissons, pour ce qu'ils
sont, tous ces gens-là. Dites-moi, un
peu, je vous prie, Monsieur de Clerval,
avez-vous vu là-bas la petite Duchesse ?
sauriez-vous pourquoi je n'en saurois
obtenir un mot de réponse ?

Le Duc. Ah! parbleu! Oui, Madame, vous écrire! Elle est vraiment bien en état de cela!

La Marq. Ah! mon Dieu! Vous me faites trembler! Que lui est-il donc arrivé? Seroit-elle malade?

Le Duc. Rassurez-vous, Marquise, elle n'en mourra point, ce qu'on croit du moins: c'est que, tout uniment, Plessac l'a quittée, et qu'elle en est d'une désolation incroyable.

La Marq. Plessac l'a quittée! Ne plaisantez-vous pas?

Le Duc. On ne peut pas moins.

La Marq. Plessac l'a quittée! Voilà encore un plaisant animal, pour se donner les airs d'être inconstant! Cela lui va bien! Et qui a-t-il pris, lui? Car encore faut-il bien qu'il ait pris quelqu'un.

Le Duc. La grosse Comtesse, seulement; et l'on peut dire qu'à tous égards, ce n'est pas prendre si peu de chose.

Célie. Mais il faut donc que la tête lui ait tourné d'aller quitter une femme

3

charmante pour une... En vérité! vous êtes aussi trop incompréhensibles.

La Marq. La grosse Comtesse est donc bien fière! Eh! a-t-elle aussi quitté quelqu'un pour prendre Plessac? Étoit-elle par hasard en état de faire un sacrifice?

Le Duc. Oh! oui; elle avoit depuis douze ou quinze jours un M. des R..., la plus belle créature du Conseil, qui, dit-on, ne revient pas d'étonnement de la fragilité des honneurs et des plaisirs de la Cour. On m'a dit encore qu'il avoit eu l'intention de proposer à la petite d'unir leurs douleurs et leurs cœurs; mais que quelqu'un qui la connoît, et qu'il a consulté là-dessus, lui a conseillé de n'en rien faire. Le pauvre homme en est donc réduit à sécher dans les feux et dans les larmes! Et pour qui?

La Marq. Tout ce qui se passe dans le monde est, en vérité, bien ridicule! Et pourquoi ne revient-elle pas ici? Elle n'a actuellement rien à faire à la Cour.

LE DUC. Pardonnez-moi, Madame, elle y est couchée, poussant les hauts cris, et n'y voulant voir que fort peu de monde.

LA MARQ. Quelque peu qu'elle y en puisse voir, elle n'y en voit encore que trop. Le beau spectacle qu'elle y donne ! C'est un pays où l'on est bien compatissant, et surtout à des malheurs de l'espèce du sien, pour s'obstiner, comme elle fait, à y rester. Il faut qu'elle soit folle ! Je lui écrirai demain que je veux absolument qu'elle revienne ici. Est-ce là tout ce qui est arrivé en inconstances ?

LE DUC. Ce sont du moins, les seules marquées et dont on parle.

LA MARQ. Mais ce n'est pas trop en huit jours.

LE DUC. En effet, j'ai vu des semaines qui rendoient davantage. Ma foi ! on a bien raison de le dire : tout dépérit.

SCÈNE III.

Les mêmes, LA TOUR.

L a T o u r, *à la Marquise.*

M adame, voilà une lettre pour vous,
de Madame la Maréchale : celui de ses
gens qui l'a apportée en attend la
réponse.

L a M arq. De ma mère ! Voyons.
(Après avoir lu.) C'est une de ses
femmes qui m'écrit de sa part qu'elle se
trouve plus mal, et qu'elle me demande.
Cela change furieusement ma marche.
La Tour, je vous prie, dites que je pars ;
et faites avertir mes porteurs. *(La Tour
sort.)*

L e D uc. Cela arrive bien mal à
propos ! Il y a mille ans que je ne vous
ai vue.

L a M arq. Je ne sens pas moins vivement que vous-même cette contradic-
tion; mais vous seriez, avec justice, le
premier à me blâmer, si je manquois à
un devoir aussi sacré que l'est le devoir

qui m'appelle : et quand je serois, par mon inclination, moins portée à le remplir, je le ferois, ne fût-ce que pour me conserver votre estime. Adieu, ma chère Célie ; je vous laisse ; c'est à regret que je vous quitte ; mais vous voyez bien vous-même que je ne puis faire autrement.

Le Duc. Quand vous verrai-je donc ?

La Marq. Ce soir, peut-être. Ma mère, comme vous savez, est accoutumée à se croire plus malade qu'elle ne l'est. Il se peut donc que ce qui me paroît lui causer les plus vives alarmes soit assez peu de chose. Si je suis assez heureuse pour ne m'y pas tromper, je pourrai rentrer chez moi de bonne heure ; mais je m'arrête ici trop longtemps. Adieu; à tantôt, je m'en flatte, du moins.

Célie. Adieu, Marquise. Je vous verrai demain, n'est-ce pas ?

La Marq. Oui, si cela m'est possible.

Le Duc. Avec la permission de Célie, Madame, je vais vous conduire à votre chaise.

Célie. Je ne doute pas qu'après avoir

été si longtemps sans la voir, vous n'ayez plus d'une chose à lui dire. J'en ai de mon côté quelqu'une à faire, et vous m'obligerez, Duc, de ne pas vous gêner. (*Ils passent dans une autre pièce*).

SCÈNE IV

LA MARQUISE, LE DUC

Le Duc

Parbleu ! j'ai donné là dans un beau piège, moi !

La Marq. Dans lequel, donc ?

Le Duc. Quoi ! N'avez-vous pas entendu le maudit ordre qu'elle a donné pour sa porte ? Et vous encore, qui me condamnez à passer ici la journée sans vous !

La Marq. Ce n'est pas moi, mais les circonstances qui vous y condamnent. Au reste, le grand malheur que de passer quelques heures tête à tête avec une jolie femme et d'être sûr qu'on ne sera pas interrompu !

Le Duc. Et qu'on parlera toujours de la même chose. J'aimois ce malheureux Prévanes assurément, et je crois l'avoir prouvé : mais pourtant, elle me fera mourir d'ennui, si c'est lui qui fait toujours le fond de l'entretien.

La Marq. Prévanes ! Qui est cet homme-là ?

Le Duc. Vous me confondez par cette question.

La Marq. Hélas ! Célie pourroit vous la faire et avec bien plus de sincérité que moi.

Le Duc. Cela seroit-il possible ?

La Marq. Eh ! pourquoi pas ?

Le Duc. Ah ! quelle horreur !

La Marq. Celles de ce genre-là sont si communes !

Le Duc. Quoi ! Ce même homme qu'elle devroit éternellement pleurer, ou du moins n'oublier jamais ; à qui elle doit tant ! du souvenir de qui, il n'y a encore que huit jours, elle paroissoit si remplie, et dont elle vouloit qu'on ne fût pas moins occupé qu'elle-même, est pour jamais anéanti dans son cœur !

LA MARQ. A parler sérieusement, j'ai
tout sujet de croire que ce que vous avez
de plus à craindre n'est pas qu'on vous
en entretienne trop longtemps ; à moins
cependant que vous ne fassiez l'étour-
derie de lui en parler le premier ; car
en ce cas, il est certain que, quelque
épuisé que soit pour elle ce sujet, elle le
traitera avec une étendue à vous déses-
pérer.

LE DUC. Qui ! moi ! Ah parbleu ! je
vous réponds de ne lui en pas plus
parler que si je ne l'eusse jamais connu :
mais vous verrez que, malgré cela, je
serois assez malheureux pour qu'elle m'en
assassine.

LA MARQ. Eh non ! vous dis-je ; nous
avons dîné tête-à-tête : malgré son pré-
tendu dégoût pour la nourriture et cet
estomac rebelle qui, selon elle, ne veut
plus rien digérer, elle a mangé beaucoup
mieux que moi, qui faisois diète depuis
vingt-quatre heures. Après, nous avons
eu ensemble une fort longue conversation, laquelle, par parenthèse, auroit pu
faire présumer à quelqu'un qui l'auroit

entendue, que l'une de nous deux ne méritoit pas d'avoir un amant ; mais non qu'elle en eût un à regretter ; et le pauvre Prévanes, en effet, n'y a, je crois, été nommé qu'une seule fois, encore a-ce été par hasard.

Le Duc. De bonne foi, vous croyez qu'elle ne le pleure plus ?

La Marq. Ce seroit peut-être un peu trop dire ; mais, du moins, je doute qu'elle le pleure encore longtemps, et que même, aujourd'hui, elle ne pût se passer de donner des larmes à sa mémoire. Ce n'est pas cependant que, si ma conjecture est juste, ce ne soit bien malgré elle que cela lui arrive. Elle aimoit Prévanes ; mais c'étoit à sa manière, et elle a, par malheur pour elle, une de ces âmes qui, quelque désir qu'elles eussent que le sentiment prît sur elles plus d'empire, ne peuvent jamais s'affecter qu'à un certain point, et pour qui surtout la douleur est un fardeau insupportable. Aussi, ne voudrois-je pas répondre que, forcée de paroître devant nous, amis intimes de son malheureux

4

amant, et confidents de leur tendresse,
aussi affligée qu'elle sent qu'elle devroit
l'être, notre présence ne lui fût à présent
plus à charge qu'agréable, ou nécessaire.

Le Duc. En ce cas, pourquoi vouloir
que nous soyons sans cesse auprès d'elle ?
A quoi peut lui servir cette fausseté ?

La Marq. A tâcher de nous imposer
sur l'état de son cœur, et sur la honteuse
facilité avec laquelle elle s'est consolée
de Prévanes, car, dans le fond, il ne se
peut pas qu'elle ne s'en trouve intérieurement fort dégradée. Plus certaines
douleurs sont décidées honorables, plus
aussi l'on doit cacher que l'on est incapable de les soutenir longtemps : elle
tâche donc de masquer l'âme qu'elle a,
de celle qu'il seroit beau d'avoir ; et c'est
précisément ce qui fait qu'elle ne veut
montrer à personne, et moins encore à
nous qu'à qui que ce puisse être, la
sienne telle qu'elle est.

Le Duc. Mais croyez-vous qu'elle se
console de Prévanes au point d'en
prendre un autre ?

La Marq. Je n'en sais rien ; mais

quand cela arriveroit, je n'en serois pas bien surprise : elle n'est pas morte.

Le Duc. Ah! cela seroit affreux, après ce qu'il a fait pour elle !

La Marq. Affreux, j'en conviens ; fort ordinaire pourtant. Ce n'est pas sa faute à elle s'il a gagné une fluxion de poitrine en la veillant dans la maladie dont elle a pensé mourir, et s'il en est mort ; elle l'a pleuré : si ce n'étoit pas tout ce qu'elle lui devoit, c'étoit du moins tout ce qu'elle pouvoit faire pour lui. Eh ! qui sait, en cas qu'il en fût revenu, s'il ne l'auroit pas trouvée encore plus ingrate? Nous ne récompensons jamais les sacrifices que l'on nous fait, que quand nous sommes dignes qu'on nous en fasse. Célie, charmante par la figure, avec de l'esprit, ne pensant peut-être point dans le fond absolument mal, n'en est cependant pas plus faite, par son excessive légèreté, pour s'attacher uu honnête homme ; et ce n'est pas d'aujourd'hui que je vous le dis.

Le Duc. Ah ! ce n'est pas non plus d'aujourd'hui que je la connois.

La Marq. Ah! ah! est-ce qu'elle
auroit eu des vues sur vous ?

Le Duc. Je l'ignore . et cela vous
prouve que je n'ai pas eu lieu de le
croire.

La Marq. Cela m'étonne, pour le
moins, autant de votre part que de la
sienne.

Le Duc. Vous avez raison : il est, au
premier coup d'œil, assez singulier que
nous n'ayons pas de fantaisie l'un pour
l'autre. Je crois que ce qui en est cause,
c'est que depuis que nous sommes tous
deux dans le monde, nous ne nous
sommes jamais vus que respectivement
occupés.

La Marq. Bon ! vous êtes bien gens
tous deux à tenir à ce que vous faites,
au point qu'il ne vous naisse pas de
caprices.

Le Duc. Et puis, je ne sais pas, elle
ne m'a jamais plu.

La Marq. Cela est encore fort extraordinaire, par exemple : car j'ai vu des
femmes qui n'étoient assurément faites
d'aucune façon pour entrer en compa-

raison avec elle, non seulement trouver grâce devant vos yeux, mais même vous déranger un peu la tête.

Le Duc. Aussi, puis-je plus aisément vous dire qu'elle ne m'a jamais plu, que fonder en raison mon indifférence pour elle. D'ailleurs, quand j'aurois pensé différemment sur son compte, depuis l'instant heureux qui m'a pour jamais uni à vous, je crois que mes prétentions sur elle auroient été fort inutiles. Elle est trop votre amie pour pouvoir penser à un homme qui jouit du bonheur de vous plaire.

La Marq. Mon amie! Pouvez-vous penser que l'amitié puisse jamais unir deux caractères aussi différents que le sont les nôtres? La parenté a commencé notre liaison; Célie l'a continuée plus par nécessité que par goût; moi, je ne l'ai point rompue, pour ne pas achever de la perdre dans l'esprit de sa mère qui, l'estimant déjà bien peu, auroit pris cette rupture pour une confirmation des bruits qui ont été jusques à elle, et eût indubitablement fait un

4.

éclat. Nos liens n'ont donc, comme
vous voyez, rien qui dût la gêner à un
certain point si sa fantaisie se tournoit
de votre côté ; mais elle m'aimeroit, et le
plus tendrement du monde, que, si elle
vous trouvoit à son gré, ce ne seroit
point du tout pour elle une raison de ne
se pas satisfaire. Elle a donné des
preuves qu'elle ne se contraint qu'à un
certain point sur ces sortes de choses :
et, dans le fond, elle pense sur cela
comme tant d'autres...

Le Duc. Savez-vous qui je crois
qu'elle prendroit, si cela pouvoit s'arranger avec vous ?

La Marq. Qui ? M. d'Alinteuil ? Vous
vous trompez ; elle l'a déjà eu.

Le Duc. Je ne l'ignore ni ne puis
l'ignorer, car c'est lui qui me l'a dit : et,
de plus, il m'a prouvé, par les lettres
mêmes de Célie, qu'il me disoit exactement vrai.

La Marq. Par lequel des deux leur
affaire a-t-elle fini ? Je n'ai pas trop
suivi cela : est-ce par lui ?

Le Duc. Mon Dieu ! non, c'est elle

qui l'a quitté pour Manselles et je l'en ai vu même furieusement piqué.

La Marq. Il avait tort : c'étoit là un de ces cas où rien ne doit consoler du malheur que l'on éprouve, comme le successeur qu'on a.

Le Duc. Vous avez raison : c'est dommage que dans ces circonstances-là, on commence par crier, et que la réflexion n'arrive jamais qu'après la sottise. Au reste, d'Alinteuil est devenu son ami ; et c'est ce qui me feroit penser que, désœuvrés comme ils le sont tous deux, ils pourroient être tentés de se reprendre.

La Marq. Se peut-il qu'avec l'usage que vous avez des femmes de ce caractère, vous ignoriez qu'il est communément aussi difficile de s'en faire reprendre, qu'il a été aisé de les avoir ?

Le Duc. Ce n'est pourtant pas que dans un engagement elles aient épuisé leur cœur?

La Marq. Non, sans doute ; mais si c'est la curiosité qui le leur a fait former, au bout d'un certain temps, elle est usée, et usée à ne jamais renaître : si c'est le caprice, il est passé ; est-ce la vanité ? elle est satisfaite. Par où voulez-vous donc qu'on les rengage ?

Le Duc. Voilà des raisons auxquelles il me semble qu'on ne sauroit rien opposer.

La Marq. A l'égard de Célie, si elle prend, ou (pour parler plus juste) quand elle prendra quelqu'un, voulez-vous parier, en supposant qu'il n'y mette point d'obstacle, que ce sera Monsieur de Bourville ?

Le Duc. Ah ! parbleu ! J'en serois comblé de joie : il est fort aimable, et mon ami. Mais sur quoi jugez-vous que ce sera lui ?

La Marq. Sur ce qu'à un souper qu'il fit avec elle peu de jours avant qu'elle tombât malade, elle en fut si frappée, que, sans tout ce qui est arrivé depuis, nous lui aurions peut-être vu quitter Prévanes aussi légèrement qu'elle en a déjà quitté quelques autres : j'ai, du moins, eu de quoi le craindre.

Le Duc. Elle n'auroit pas tardé à en

être punie : car si, par les agréments, elle a de quoi tenter Bourville, elle n'a sûrement pas, dans le caractère, de quoi le fixer. Je sais, de plus, qu'il est actuellement fort amoureux d'une autre.

LA MARQ. Mais vous savez aussi, je crois, que cela n'empêche rien ; et que le sentiment le plus tendre vous laisse toujours de quoi avoir une fantaisie.

LE DUC. Aussi ne douté-je point que quand il auroit vu Célie, avec plus d'indifférence...

LA MARQ. Est-ce que l'impression a été respective.

LE DUC. Mais oui, c'est-à-dire qu'il s'est fort bien aperçu des vues qu'elle avoit sur lui, et qu'il ne s'éloignoit pas d'y répondre ; et je le crois encore dans les mêmes dispositions : pour la garder, ce pourroit bien être une autre affaire.

LA MARQ. C'est ce qui me feroit désirer que celle-là ne s'engageât pas : elle a déjà fait, en ce genre, tant de choses ridicules !... Mais, adieu, laissez-moi partir, passez chez moi tantôt ; j'y serai, selon toute apparence, rentrée longtemps avant que vous y puissiez y arriver ; mais je vous y attendrai sans humeur, parce que je sens bien que, de la façon dont les choses se sont arrangées, vous ne sauriez, aussitôt que vous le voudriez, quitter Célie.

Le Duc. Ah ! de grâce, Marquise, encore un moment.

La Marq. Oh ! pas seulement une minute : l'état de ma mère m'inquiète ; et d'ailleurs, il seroit ridicule que vous laissassiez Célie seule plus longtemps.

Le Duc. Adieu donc, Marquise, puisqu'il le faut : mais en vérité ! pour les gens qui s'aiment, les bienséances et les devoirs sont de bien terribles choses ! *(Il la conduit à sa chaise et rentre dans le cabinet de Célie.)*

Comme il y a des lecteurs qui prennent garde à tout, il pourroit s'en trouver qui seroient surpris, le temps étant annoncé si froid, de ne voir jamais mettre de bois au feu ; et qui se plaindroient avec raison de ce manque de vraisemblance dans un point si important. Pour prévenir donc une critique si

*bien fondée, on est obligé de dire, que
pendant l'entretien de la Marquise et du
Duc, Célie a sonné, et que c'étoit pour
qu'on raccommodât son feu. L'éditeur
de ce dialogue s'étant, à cet égard, mis
hors de toute querelle, se flatte qu'on
voudra bien le dispenser de revenir sur
cette intéressante observation.*

SCÈNE V.

CÉLIE, LE DUC.

Le Duc.

Je vous demande pardon, Madame, de
vous avoir fait attendre si longtemps.
J'ai peut-être abusé de la permission
que vous aviez bien voulu m'accorder :
mais, ainsi que vous l'avez remarqué
vous-même, j'avois plus d'une chose à
lui dire ; et il y avoit huit mortels jours
que je ne l'avois vue.

Célie. Aussi suis-je plus fâchée que
je ne pourrois vous l'exprimer, de l'accident qui l'empêche de rester avec

nous; mais ce n'est pas là le premier tour que Madame sa mère me joue.

Le Duc. Ni à moi non plus, je vous jure, encore ne m'est-il pas permis de m'en plaindre.

Célie. Quelle femme! Et que je vous trouve heureux de lui plaire!

Le Duc. Ah! que je sens bien aussi tout mon bonheur!

Célie. De combien de vertus elle est douée! Et qu'elle y réunit de charmes! Que de douceur et de sûreté dans le commerce! Que de tendresse et de vérité dans le cœur! On peut bien dire qu'elle est née pour l'honneur de son sexe.

Le Duc. Je ne dirai pas, puisque vous existez, qu'elle est la seule au monde, qui pense comme elle fait; mais, dussé-je en fâcher beaucoup, je ne craindrai pas d'assurer qu'il y en a bien peu qui lui ressemblent.

Célie. Cela veut dire simplement que vous en connoissez peu; car sans prétendre attaquer le mérite de la Marquise, et même lui rendant justice plus que personne, je crois pouvoir assurer qu'il y a plus de femmes estimables que vous n'avez l'air de le penser ; mais il falloit que vous vécussiez avec celle-là, pour vouloir bien en paroître persuadé.

Le Duc. Oserois-je bien, Madame, vous demander ce que je gagnerois à avoir cette mauvaise foi ?

Célie. Mais, sans compter le reste, ce seroit toujours une excuse de plus aux mauvais procédés.

Le Duc. Ceux d'entre nous qui s'en permettent, s'embarrassent ordinairement assez peu s'ils peuvent, ou non, les justifier ; et c'est une sorte de perfidie dont les autres n'ont pas besoin.

Célie. Vous croyiez donc, vous, avant que de vous lier avec la Marquise, qu'il y a des femmes que l'on peut estimer ?

Le Duc. Oui, je le pensois : c'étoit, je l'avoue, un peu gratuitement, parce que mon malheur ne m'avoit pas jusque-à permis d'en rencontrer ; mais je ne m'en croyois pas pour cela plus en droit de présumer que toutes les femmes res-

5

semblassent à celles avec qui j'avois vécu.

CÉLIE. Quoi! pas même une exception en faveur de Madame d'Olbray?

LE DUC. Madame d'Olbray? Je n'ai jamais connu cette femme-là, moi.

CÉLIE. J'aurois juré que si: mais, pour vous être aussi inconnue que vous le dites, ce nom-là vous étonne singulièrement.

LE DUC. Il est vrai que je ne m'attendois pas à vous l'entendre prononcer, et surtout à propos de moi. Me seroit-il, au reste, permis de vous demander qui est la charitable personne qui vous a dit que j'ai été bien avec elle?

CÉLIE. Qu'importe qui me l'ait dit? Cela est-il vrai?

LE DUC. Hélas! mon Dieu, oui: mais entre nous, s'entend; car j'en suis si honteux, que je ne saurois me résoudre à en convenir avec tout le monde.

CÉLIE. Votre répugnance sur cela me paroît assez bien fondée. Cette femme est affreuse, mais se peut-il qu'elle ait jamais été bien?

Le Duc. Ma foi ! j'ai ouï dire que non à ma grand'mère ; ç'a toujours été, selon elle, un masque de doguin bien ignoble.

Célie. Mais, autant qu'on peut en juger aujourd'hui, elle doit n'avoir pas été absolument mal coupée.

Le Duc. A l'égard de la coupe, je ne savois pas dans ce temps-là ce que c'étoit ; elle me disoit qu'elle étoit charmante ; et je le croyois ; car que faire ? Quand alors j'aurois eu beaucoup d'objets de comparaison, à l'âge que j'avois, on jouit toujours plus qu'on ne discute.

Célie. Fûtes-vous bien longtemps à vous arranger avec elle ?

Le Duc. Non, parce qu'elle eut le bon esprit de ne pas laisser cela dépendre de moi ; elle devina mon amour, que je n'en étois pas bien sûr encore ; et elle fit fort bien : je serois mort de ma flamme plutôt que d'oser l'en instruire.

Célie. Il y avoit bien du respect dans ce procédé-là : mais quelque précieux que lui dut être l'aveu de votre tendresse, il y a apparence que ce n'étoit pas tout ce qu'elle exigeoit de vous ; et, avec un homme assez timide pour ne pas oser dire qu'il aime, une femme doit être bien embarrassée pour amener quelque chose de plus intéressant.

Le Duc. Ah ! Madame, l'indécence d'un côté, et de l'autre la nature, arrangent si bien et si promptement les choses, que l'on se trouve tous deux du même avis, sans pouvoir, le plus souvent, dire ni l'un ni l'autre comment cela s'est fait.

Célie. Cela fait horreur ! Et vous aimiez cette vilaine femme-là ?

Le Duc. A la fureur ! Je le croyois, du moins. Eh ! pourquoi donc pas ?

Célie. Quoi ! Une femme qui se livroit d'une façon si affreuse !

Le Duc. Qu'est-ce que cela me faisoit, à moi ? Il étoit tout simple que ma reconnoissance fût en parité du besoin que j'avois qu'elle se rendît ; comme d'ailleurs, je croyois qu'elle n'avoit jamais aimé que moi, et que j'imaginois que d'un premier sentiment il doit résulter de fort grandes choses, il ne me paroissoit point du tout surprenant qu'elle m'eût fait grâce des préliminaires.

Célie. Quoi ! vous croyiez véritablement que vous étiez le premier objet de Madame d'Olbray ?

Le Duc. Oui : il me sembloit, à la vérité, qu'elle m'avoit passablement attendu ; mais elle ne m'en étoit que plus chère.

Célie. Je n'aurois jamais imaginé qu'en aucun temps de votre vie, vous eussiez été si dupe : cela me paroît incroyable !

Le Duc. Et pourtant on ne peut pas plus vrai : j'étois né avec une simplicité singulière.

Célie. Si cela est vrai, Monsieur le Duc, vous me permettrez de vous dire que vous en avez furieusement rabattu.

Le Duc. Cela n'est point douteux et ne sauroit l'être : mais vous, Madame, qui avez tant de peine à concevoir que j'aie pu me croire la première passion de Madame d'Olbray, avez-vous apporté dans le monde une crédulité moins grande, que celle dont vous me plaisantez ici ; et n'y avez-vous pas été exposée aux mêmes méprises ?

Célie. *(En soupirant.)* Grand Dieu ! si je l'ai été !

Le Duc. Ce soupir paroît être en vous l'effet d'un désagréable souvenir : est-ce que véritablement vous y avez été attrapée ?

Célie. Quelle question ? Et comment pouvez-vous me la faire, vous qui vivez avec moi depuis si longtemps ?

Le Duc. Cela est vrai ; je suis dans mon tort ; mais comme je ne savois pas si vous consentiez à paroître vous souvenir de ces premiers événements de votre vie, j'ai cru que rien ne pouvoit me dispenser de l'égard de paroître moi-même les ignorer. Puisque vous permettez qu'on vous en parle, je crois que loin d'être surprise aujourd'hui d'avoir été trompée dans votre premier choix, vous ne le seriez que de n'avoir pas eu à vous en plaindre ; et, entre nous, l'objet qu'il avoit ne vous en promettoit pas plus de bonheur, qu'en effet, vous n'y en avez rencontré.

CÉLIE. J'en conviens ; mais je ne le savois pas.

LE DUC. Quoi ! vous supposiez que Monsieur de Norsan pouvoit être fidèle, ou fixé ?

CÉLIE. Si, avant même que je l'aimasse, je ne croyois pas tout ce qu'on me disoit de sa perfidie, jugez, quand il eut su me plaire, combien j'en rabattis encore.

LE DUC. On vous avoit donc déjà parlé de lui ?

CÉLIE. Trop : et je puis, sans me tromper, je crois, compter pour une des causes qui me perdirent, l'affectation que l'on eut de ne chercher à m'effrayer que de cet homme-là. En paroissant le regarder comme le seul qui pût être dangereux pour mon cœur, on me força à n'occuper que de lui mon imagination qui, d'elle-même peut-être, se seroit fait un autre objet, ou ne s'en seroit point fait du tout. On ne pouvoit point me parler de l'excès de son inconstance, et du nombre infini de femmes qu'il en avoit rendues victimes, sans, en même temps, m'apprendre qu'il avoit su leur plaire ; et quoiqu'on cherchât à lui donner à mes yeux tous les vices, tous les défauts et tous les ridicules possibles, on ne put m'empêcher de croire que, pour toucher si universellement, il falloit qu'il eût de grands charmes. Cette idée que je cachois avec soin, mais qui ne m'en obsédoit que plus, me donna de le voir le désir le plus ardent, désir dont, malheureusement, le mari qu'on me choisit n'avoit pas de quoi me soustraire ; et qui, s'il n'étoit pas de l'amour, pouvoit du moins facilement m'y conduire.

LE DUC. Et vous avez raison : l'on n'occupe pas longtemps l'imagination d'une femme sans aller jusqu'à son cœur, ou du moins sans que par les effets cela ne revienne au même.

CÉLIE. J'ai bien sensiblement éprouvé la vérité de ce que vous me dites là ! A peine me vis-je ma maîtresse, que mon premier soin fut de chercher ce même

homme qn'on m'avoit tant recommandé
d'éviter, et cette recherche qui n'avoit
alors d'autre principe qu'une folle curiosité, fut de ma part poussée si loin, et
avec si peu de ménagement; je parlois
de lui si souvent et avec tant de chaleur
et d'imprudence, que mes désirs et mes
discours lui revenant de tous côtés, il me
chercha à son tour, beaucoup moins,
comme depuis je n'en ai pu douter,
dans le dessein de m'inspirer pour lui
des dispositions favorables, que pour
profiter de celles dans lesquelles il avoit
lieu de me croire déjà. Nous nous ren-
contrâmes donc bientôt : et quoique sa
figure me parût aimable, je trouvai ce
superbe vainqueur si différent du portrait
que je m'en étois offert, que l'impression
que j'en reçus en fut beaucoup moins
vive : car enfin ce n'étoit pas là le
fantôme à qui je m'étois déjà rendue.
D'ailleurs, la sorte de légèreté que lui
donnèrent auprès de moi les espérances
qu'il avoit conçues, et qu'il ne sut ou ne
voulut pas me dissimuler, me blessa. Je
sentis dans l'instant à quel point, pour

qu'il osât l'avoir avec moi, il falloit que
je me fusse soumise; et, sans doute
parce que ce sentiment retardoit le
progrès du mien, je lui sus en même
temps mauvais gré de me le faire sentir.
Je ne sais s'il s'en aperçut; mais je le
vis chercher à me ramener à lui peu à
peu par des façons moins légères. Cette
différence ne m'échappa pas; comme je
ne doute point aujourd'hui qu'il ne lût
beaucoup mieux que moi dans mon
cœur, il remarqua, et peut-être même
avant que je m'en crusse frappée, toute
l'impression qu'elle produisoit sur moi.
Sans me louer, il parut enchanté de ma
figure, affecta des distractions, montra
de l'inquiétude, et n'oublia rien, enfin,
de tout ce qui pouvoit me forcer à me
dire que si la crainte de me commettre
ne l'eût pas retenu, il ne m'auroit
prouvé que par les plus tendres transports à quel point il me trouvoit aimable.

Le Duc. Tous ces stratagèmes, à vous
parler naturellement, étoient un peu usés;
et je doute, par conséquent, qu'ils pro-
duisissent aujourd'hui sur vous l'effet

qu'ils y firent alors ; car, sans doute, vous ne manquâtes pas de croire qu'il vous adoroit ?

CÉLIE. Mais non, à ce qu'il me semble, ce ne fut pas cela que je pensai ; loin même de croire, comme il paroissoit le désirer, que je l'eusse si vivement frappé, tout ce qu'on m'en avoit dit me revint et me donna pour lui une sorte de repoussement qui, loin de me permettre de souhaiter de lui plaire, me le faisoit, au contraire, regarder comme le malheur le plus grand qui pût m'arriver jamais.

LE DUC. J'entends bien ; mais il se pouvoit que, tout à la fois, vous craignissiez d'en être aimée, et que vous crussiez pourtant qu'il vous aimoit.

CÉLIE. A ne vous rien cacher, j'aurois peine à vous dire tout ce que j'éprouvois en ce moment, tant mes mouvements étoient rapides et confus ; mais autant que je puis aujourd'hui me rappeler des faits qu'il est difficile de retrouver dans sa mémoire, lorsque le sentiment qui leur donnoit une sorte d'existence est effacé de notre cœur, il me semble que j'aurois plus désiré qu'il m'aimât, que je ne l'aurois craint, si j'eusse pu lui supposer de la bonne foi; mais voyez, je vous prie, à quoi, en me le peignant si redoutable, on m'avoit exposée! Car, pensez-vous que si l'on ne m'eût pas plus parlé de lui que de tout autre, il m'eût, dès la première vue, intéressée au point de tant examiner ce qui se passoit dans son âme?

Le Duc. Il seroit, à mon sens, assez difficile de déterminer bien précisément la force ou la foiblesse de l'impression qu'il auroit faite sur vous, s'il vous eût été nouveau à tous égards: peut-être aussi que, si vous eussiez ignoré ses succès auprès des femmes, il vous en auroit moins frappée. Je croirois même le dernier, d'autant plus aisément qu'on a remarqué qu'en général vous vous défendez avec moins d'avantage contre un homme en réputation, quel qu'il soit d'ailleurs, que contre l'amant le plus aimable, mais qui n'offre point à votre amour-propre l'appas de la célébrité. Eh bien! Madame, comment, se passa cette première soirée?

CÉLIE. Ce qu'il y a d'affreux, c'est que
tout conspiroit contre moi ; la maîtresse
de la maison, quoiqu'une de ses premières victimes, étoit sa complice : ce que
je croyois une pure rencontre étoit une
affaire arrangée ; et de tous ceux qui se
trouvoient là, j'étois la seule qui l'igno-
rasse. Tout le monde donc, se faisant
une loi de contribuer à ma perte : les
femmes pour avoir une compagne d'in-
fortune de plus, les hommes pour s'amuser, on nous fit faire ensemble une partie
de Berland, et il ne sut que trop m'y forcer
à donner à tous ses mouvements cette
attention inquiète et intéressée, que je
n'ai jamais vue être sans danger pour
nous et qui peut-être est elle-même le premier symptôme de l'amour. Enfin, on servit ; et vous jugez aisément que ce fut près
de moi qu'on le plaça. La conversation
commença par être générale ; et comme
il y a peu d'hommes qui aient une su-
perficie aussi étendue et aussi variée que
la sienne, je ne fus pas moins étonnée de
la multiplicité de ses connoissances que
de l'agrément qu'il savoit répandre sur

les matières qui en sont le moins susceptibles ; de la sorte de consistance que les objets les plus frivoles sembloient prendre entre ses mains ; de la facilité singulière avec laquelle son esprit se plioit à tous les tons ; et comment, le donnant à tout le monde, il paroissoit cependant le recevoir de chacun. La fête n'étant que pour lui, quand on crut lui avoir laissé le temps d'établir dans mon esprit une haute idée du sien, l'entretien se partagea : le premier usage qu'il fit de la liberté qu'on nous laissoit d'être un peu plus à nous-mêmes, fut de me parler de son amour ; et, je l'avoue, il m'en parla moins bien, à tous égards, que je ne l'aurois désiré, et que je ne m'y étois attendue.

Le Duc. Légèrement, sans doute ; pour froidement, cela ne lui ressembleroit pas.

Célie. Peut-être aurois-je été moins blessée de la froideur, ou même du silence, que je ne le fus de l'emportement avec lequel il m'exprima ses désirs ; et qui, tout brûlant qu'il étoit, remplissoit mal les idées que je m'étois faites de

l'amour et du ton dont on doit nous en
offrir. On eût dit qu'il cherchoit plus à
me corrompre qu'à me toucher; et que,
sûr d'avoir meilleur marché de mes sens
que de mon cœur, ce ne fût qu'à eux
seuls qu'il dût s'adresser. En un mot,
il ne ménagea, dans les tableaux qu'il me
présenta et dans les expressions dont il
se servit, ni ce qu'il devoit à mon âge
et à la décence de mon sexe; ni la pudeur
que, quand il auroit pensé de moi le
plus mal du monde, il devoit du moins
paroître me supposer: et je ne pourrois
que difficilement vous exprimer à quel
point cette façon me révolta; et avec quelle
vivacité je sentis tout le mépris qui y
étoit renfermé.

Le Duc. Eh bien! vous vous trompiez:
ce n'étoit pas qu'il pensât de vous plus
mal que d'une autre; c'est seulement
qu'il n'en pensoit pas mieux. D'ailleurs,
en paroissant avoir tant d'égards pour
la vertu d'une femme, et en ne l'attaquant
qu'avec la crainte apparente qu'elle ne
se rende jamais, on l'encourage à en montrer plus qu'elle n'auroit peut-être envie

d'en avoir ; et cela produit des résistan-
ces assez longues, où, en s'y prenant
comme Monsieur de Norsan faisoit avec
vous, la victoire est presque tout près du
désir de la remporter. Il est, au reste,
tout simple que, quand il est question
d'exhorter une femme à se manquer, on
aime mieux présenter à son imagination
l'idée des plaisirs qui suivent la faute
qu'on veut lui faire faire, que les avan-
tages attachés à la vertu que l'on désire
qu'elle n'ait plus.

CÉLIE. Assurément! cela est tout simple;
mais il me le paroît autant qu'on ne lui
présente l'idée de ces mêmes plaisirs, que
sous le voile de l'amour et de la délicatesse; et point avec cette audacieuse
licence, beaucoup plus faite, selon moi,
pour révolter contre, que pour en inspirer
le désir. *L'amour*, comme dit La Fontai-
ne, *est nu, mais il n'est pas crotté*. Et lors
qu'il se présente aux yeux sous une forme
qui l'avilit, on est en droit de le mécon-
noître.

LE DUC. Je suis, Madame, tout à fait
de votre avis là-dessus: on a assez

échauffé l'imagination, quand on est
parvenu à toucher le cœur; et je tiens
que, dans une affaire même de pure galanterie, c'est hien mal entendre ses
intérêts que de ne pas chercher à se
faire croire respectivement que les sens
et le caprice ne l'ont pas seuls formée; et
au défaut du sentiment, de n'en pas
mettre le ton et l'apparence. Les plaisirs
gagnent toujours à être ennoblis... Et
Monsieur de Norsan s'en tint-il avec
vous aux simples propos?

Célie. Comment donc! s'il s'y tint?

Le Duc. Eh mais! c'est qu'il auroit
été moins extraordinaire que vous ne
pensez, surtout débutant d'une façon si
légère, qu'il ne s'y fût pas borné; et je
m'étonne que, l'ayant depuis plus parti-
culièrement connu, vous n'ayez pas
senti combien, dans cette première
rencontre, il vous avoit ménagée. Il falloit, pour qu'il fût si retenu, que vous
lui imposassiez terriblement. Enfin,
quel fut le fruit d'une si grande retenue?

Célie. Que, tout indignée que j'étois
d'être attaquée d'une manière, non seu-

6.

lement si peu respectueuse, mais encore
si peu tendre, et malgré la crainte qu'il
m'inspiroit, il sut enfin faire passer dans
mon cœur le poison dont il avoit infecté
tant d'autres.

Le Duc. Quoi! vous lui dîtes que
vous l'aimiez?

Célie. Non, pas absolument; mais
cela n'empêcha pas que, dès ce même
soir, il n'eût de quoi croire que je l'aimois.

Le Duc. Si ce fut sur le simple aveu
que je vois que vous lui en fîtes, qu'il
voulut bien se croire aimé, vous lui inspiriez de la confiance, à beaucoup meilleur compte que toutes celles qui vous
avoient précédée.

Célie. D'aveu! Je ne lui en fis point.

Le Duc. Vous lui donnâtes donc des
équivalents qui le satisfirent, qui lui for-
mèrent une sorte de certitude? Car enfin,
il avoit besoin de quelque chose qui le
tranquillisât.

Célie. Quant à la parfaite certitude,
il ne l'eut que quelques jours après.

Le Duc. Quelques jours après, seulement ! Ce ne fut donc pas lui qui vous ramena ?

CÉLIE. Assurément, non, ce ne fut pas lui : perdez-vous le sens de croire que, dans la position où j'étois alors, cela fût possible ? Nous ne sortîmes même pas ensemble ; mais je ne sais : il falloit que, d'avance, et dans la supposition du succès, il eût corrompu mes gens. Mes flambeaux, par une nuit la plus calme du monde, quoique fort obscure, s'éteignirent tout d'un coup : mon cocher, que cet accident sembloit autoriser à se tromper sur sa route, me mena par des rues aussi désertes que détournées : au bout d'une de ces rues mon carrosse arrêta. Monsieur de Norsan qui, sans que j'en susse rien, m'attendoit, se lança dedans impétueusement, s'y plaça malgré moi ; et supposant obtenu l'aveu qui seul auroit pu justifier son audace, il n'y auroit rien eu que je n'eusse eu à en craindre, si, voyant que ma résistance, toute sérieuse qu'elle étoit, ne lui imposoit pas plus que la menace que je lui faisois de crier, je n'eusse, en effet, poussé

des cris qui, quoique fort étouffés par
tout ce qu'il faisoit pour les empêcher
de percer, l'obligèrent enfin de disconti-
nuer ses entreprises. Je ne vous dirai
point quelles furent les excuses qu'il m'en
fit; je ne voulus ni en admettre ni en
écouter aucune, et le forçai enfin de me
quitter, très déterminée, quoi qu'il pût
faire, à ne le revoir de ma vie.

Le Duc. Vous en direz ce que vous
voudrez, Madame; mais, avec votre permission, il falloit que (et vraisemblablement sans vous en douter) vous vous
fussiez cruellement commise, pour que,
malgré sa témérité naturelle, il osât tant!

Célie. Que voulez-vous?... Un homme
audacieux au dernier point... Une femme
timide, et qui ne sait encore la valeur de
rien... La crainte, en voulant les réprimer, de faire éclater certaines entreprises... L'étonnement qu'on ose, dès la
première vue, en tenter de pareilles...
Le goût qui combat l'indignation...

Le Duc. Eh mon Dieu! tout cela se
comprend de reste; et vous voyez même
que je l'avois deviné : au surplus, vous

ne m'en croirez peut-être pas, mais voilà,
j'en suis sûr, la première insolence qui
ne lui ait pas réussi de prime abord.

CÉLIE. Pour moi, je ne conçois pas
comment, une seule fois en sa vie, cela a
pu lui réussir : mais est-ce que c'est une
façon dont vous admettiez l'usage, vous?

LE DUC. Comme cela : oui et non,
selon les occasions, encore plus suivant
les caractères. On croit assez générale-
ment, quoiqu'à tort peut-être, que rien
ne nuit à la vertu comme la surprise ; et
il est assez naturel que ceux qui l'ima-
ginent cherchent plus à la surprendre
qu'à l'avertir. S'il y a des femmes en qui
l'étonnement est suivi, ou accompagné de
la colère, il y en a aussi en qui il sus-
pend toute faculté ; et l'on ne sauroit, je
crois, nier que pour celles-là, une témérité impréuve, quoique non désirée, ne
soit très dangereuse. Si l'on savoit quelle
est, sur cela, la façon de penser d'une
femme, on ne l'attaqueroit jamais que
comme elle a besoin de l'être pour être
vaincue, et les deux sexes y gagneroient
également : mais, réduit comme on l'est

presque toujours, sur une chose si essentielle, à marcher au hasard, et à en attendre tout, le moyen d'appliquer toujours convenablement la témérité ou la retenue ? On est si exposé à être la dupe des physionomies, et même des réputations, que quelquefois c'est à la femme qui en fait le moins de cas, que l'on présente un hommage respectueux ; et que c'est avec celle qu'elle révoltera le plus, que l'on mettra en œuvre l'insolence : pour moi, comme il arrive assez communément qu'on manque une femme par la même voie qui vous en a fait avoir une autre, mon avis est qu'il nous est de la dernière importance de n'avoir pas auprès d'elles la même marche.

CÉLIE. Mais celle dont nous parlons est affreuse ! Et elle est en même temps la preuve d'un si cruel mépris, qu'il me paroît impossible qu'elle détermine quelque femme que ce soit.

LE DUC. Plaisanterie à part, je suis sur cela totalement de votre avis : il y a cependant une chose qui me tient, à cet égard, un peu en suspens : c'est que s'il

n'y a pas une femme qui ne parle de
l'impertinence comme vous, il n'y a en
même temps pas d'hommes (j'entends de
ceux qui sont ou se disent dans l'usage
de l'employer) qui ne soutiennent qu'ils
s'en sont toujours très bien trouvés. De
cette différence d'opinion sur la même
chose, j'inférerois donc, ou que les uns
ne disent pas combien de fois cette façon
de notifier à une femme l'impression
qu'elle fait sur nous, s'ils s'en sont indis-
tinctement servi avec toutes, leur a
manqué; ou que, quoique toutes paroiss-
sent également la réprouver, il faut
pourtant qu'il s'en trouve à qui elle impose, non seulement plus qu'elles ne
disent, mais encore plus quelles ne voudroient.

CÉLIE. Plus qu'elles ne voudroient!
Quel conte!

LE DUC. Mais sans doute: s'il y a
au monde quelque chose de bien prouvé,
c'est qu'il y a des instants où, quelque
peu disposée que, par la nature ou par
ses principes, une femme soit à se laisser subjuguer par la témérité, elle peut

prendre beaucoup sur elle : et si cela est,
comme quelques exemples nous le prou-
vent, vous conviendrez que c'est le plus
involontairement du monde qu'elle
admet une chose qui n'est pas moins
contre sa constitution, que contraire à
ses maximes. Il est tout aussi certain
qu'il y a d'autres moments où la femme
qui, par toutes sortes de raisons, doit
regarder l'insolence, moins comme une
insulte faite à sa façon de penser que
comme un hommage rendu à ses charmes, aura, contre son usage, plus de
disposition à la punir qu'à la récompen-
ser. Avec la première, on a saisi le moment ; avec la seconde on l'a manqué :
et en bonne physique, on n'auroit dû
ni craindre l'un, ni se flatter de l'autre.

CÉLIE. Qu'est-ce que le moment ; et
comment le définissez-vous ? Car j'avoue
de bonne foi que je ne vous entends pas.

LE DUC. Une certaine disposition des
sens aussi imprévue qu'elle est involon-
taire, qu'une femme peut voiler, mais
qui, si elle est aperçue, ou sentie par
quelqu'un qui ait intérêt d'en profiter,

la met dans le danger du monde le plus grand d'être un peu plus complaisante qu'elle ne croyoit ni devoir, ni pouvoir l'être.

CÉLIE. Vous en direz ce que vous voudrez; jamais vous ne me ferez croire au succès des insolents.

LE DUC. Cela est fâcheux à dire pour les mœurs : mais il est cependant vrai qu'ils remportent des victoires.

CÉLIE. En tout cas, elles sont bien peu flatteuses.

LE DUC. J'en conviens; mais aussi ne mettons-nous pas tout en amour-propre; il y auroit quelquefois trop à perdre pour nous.

CÉLIE. Ah oui! pour vous en savoir tant de gré, cette façon de penser vous procure de belles conquêtes!

LE DUC. Comme le plaisir n'est pas toujours à la suite de la gloire, il est tout simple que la gloire ne marche pas toujours à la suite du plaisir. Hélas! nous serions trop heureux de pouvoir les accorder sans cesse!

CÉLIE. Et c'est cependant ce que vous

cherchez le moins, en général, s'entend :
cet accord si doux du plaisir et de la gloire
est, par exemple, ce qui paroît tenter le
moins Monsieur de Norsan.

Le Duc. Quelquefois, par hasard ;
mais je lui ai vu des conquêtes qui, cer-
tainement, réunissoient tout ce qui peut
flatter ; et vous en êtes une preuve.

Célie. Cela se peut ; mais vous l'avez
aussi vu courir après des espèces qui
n'auroient pas seulement mérité les at-
tentions du moins délicat de ses valets
de chambre.

Le Duc. Vous le jugiez ainsi.

Célie. Je le jugeois comme tout le
public, qui n'étoit ni moins surpris, ni
moins scandalisé que moi-même des
choix que quelquefois on lui voyoit
faire.

Le Duc. On est souvent étonné, à la
guerre, de voir un grand général
s'amuser à prendre des bicoques, parce
qu'on ignore ses projets, et par conséquent, le prix qu'il attache à des
conquêtes qui paroissent si peu faites
pour le tenter. Il en est de même de

Monsieur de Norsan : on ne voit que ce qu'il fait ; mais on n'en pénètre pas le motif. On le juge pourtant. Mais puisque nous voilà retombés sur lui, dites-moi, s'il vous plaît, comment de l'excès d'indignation, très méritée assurément, où il vous avoit laissée, il put vous ramener aux sentiments qu'il vous avoit inspirés ? Ce n'est peut-être pas ce qu'il y a de moins curieux dans votre histoire.

CÉLIE. Je l'aimois ; et vous le connoissez. Je fus d'abord assiégée de lettres de sa part, et ne pouvois porter la main sur quoi que ce fût, qui n'en renfermât, ou n'en couvrît une : il m'en descendoit jusque par la cheminée ! Tous mes gens (je n'en excepte même pas un vieux Suisse que l'on m'avoit donné comme le Suisse du monde le plus incorruptible) étoient à lui. Persuadée, à ce que je lui voyois faire, que si je sortois, il ne manqueroit pas de s'attacher indécemment à tous mes pas, sur le spécieux prétexte d'une indisposition, je me renfermai chez moi ; mais je n'y fus pas plus en sûreté contre sa personne, que

je ne l'avois été contre ses lettres. Malgré
l'opiniâtre silence dont je les avois
payées, et qui devoit naturellement lui
laisser si peu d'espoir, une nuit que je
venois de me coucher, je le vis paroître
inopinément devant moi sous un habit
de Grison ; et, après ce qui s'étoit passé
entre nous deux, ce que vous allez trouver
bien plus singulier encore, c'est que ce
ne fut qu'à une violence nouvelle, et fort
supérieure à la première, que je le re-
connus parfaitement.

Le Duc. C'est que vous verrez qu'il
est persuadé qu'il en est de l'insolence
comme de la piqûre du scorpion : eut-il
tort de l'avoir cru ?

Célie. Il l'eût eu, sans doute, si c'eût
été dans une autre position qu'il m'eût
surprise ; mais seule avec lui (car enfin
c'étoit l'être, que de n'avoir autour de
moi que des valets qui lui étoient
vendus), l'état où j'étois... la surprise...
l'effroi...

Le Duc. L'amour...

Célie. L'amour ? Non ; ou s'il entra
pour quelque chose dans sa victoire, ce

fut ce qu'au milieu de tant de mouvements divers, je crus distinguer le
moins.

Le Duc. Et ce qui, cependant, com-
battoit pour lui beaucoup plus que vous
ne croyiez. Ma foi ! si l'on vouloit considérer de sang-froid combien de choses
s'arment contre la vertu d'une femme,
on seroit plus étonné de ce qu'elle peut
se défendre quelque temps, qu'on n'est
ordinairement scandalisé de la prompti-
tude avec laquelle quelquefois elle paroît
céder la victoire.

Célie. Ce que vous dites là est bien
vrai ! Mais ce n'en est pas moins une
réflexion, que les hommes, et Monsieur
de Norsan tout le premier, ne se présentent guère.

Le Duc. Bon ! Lui ! est-ce qu'il croit
à la vertu ? Il a, sur cela, les idées d'un
vrai réprouvé.

Célie. Ce qu'il y a de certain, c'est que
ce qu'il m'en croyoit ne l'effrayoit guère.

Le Duc. Oh çà ! Madame, convenez
pourtant qu'il fit bien de ne vous pas
attaquer par les formes ordinaires.

CÉLIE. Je ne vois pas, à vous dire le vrai, pourquoi vous trouvez qu'il faisoit si bien d'en agir avec moi si légèrement, ou pour parler plus juste, avec une insolence qui n'a jamais eu d'exemple.

LE DUC. Oh! pour des exemples, elle en a tant que vous en seriez confondue; et croyez que ce n'est pas sans raison que les anciens ont dit qu'il vaut toujours mieux mettre une femme dans le cas d'avoir à se plaindre hautement de trop de témérité, que d'avoir en secret à vous reprocher de l'avoir trop respectée.

CÉLIE. Voilà, pour les anciens, de bien étranges maximes!

LE DUC. Ce qui me feroit pourtant croire qu'elles sont plus fondées en raison que vous ne pensez, c'est que moi, personnellement, je n'ai jamais employé le respect, que je n'aie eu à m'en repentir. Ce n'est point qu'en ce cas-là on ne m'ait toujours dit que j'étois charmant, et qu'on ne m'ait même promis des récompenses fort au-dessus de ce que je sacrifiois : mais, soit que, dans ces circonstances-là, une femme soit toujours blessée intérieurement des égards qu'on a pour sa vertu, soit par d'autres raisons que j'ignore, on ne m'en a pas, dans le fond, su plus de gré; et plus par mon imbécile retenue j'ai perdu d'occasions que depuis je n'ai pu retrouver, plus je suis convaincu que si Monsieur de Norsan vous eût respectée autant que vous croyez avoir envie de l'être, il n'auroit jamais triomphé de vos préjugés contre lui ; ou que, du moins, vous lui auriez fait acheter bien cher sa victoire.

CÉLIE. Tout cela est possible; mais, du moins, il n'auroit pas eu à se reprocher de l'avoir remportée par de mauvaises voies.

LE DUC. Je ne suis pas, comme vous savez, ni plus impertinent, ni moins délicat qu'un autre ; mais j'avoue que je préférerois toujours le remords d'avoir acquis une femme, comme vous dites, par de mauvaises voies, au regret de l'avoir manquée par plus de ménagements qu'à la rigueur elle ne désiroit qu'on en eût pour elle. Ce qui me con-

firme encore dans cette façon de penser,
c'est qu'il n'y en a pas une qui ne par-
donne plus aisément une témérité, qui,
en la décidant, ne lui en laisse pas
moins l'honneur de n'avoir pas formelle-
ment consenti, qu'une timidité qui, en la
conduisant avec tout le respect possible,
mais sans aucune pitié, de concessions
en concessions, lui fait essuyer trente
fois par jour et pour de franches misères, auxquelles d'elle-même elle ne
prendroit pas garde, la honte de sentir
qu'elle se manque, et de se le dire inuti-
lement. Oh! je crois que si vous voulez
juger cela sans partialité, vous conviendrez que non seulement le téméraire
doit être plus sûr de son succès que le
timide; mais encore, qu'en épargnant à
une femme le double désagrément de
voir sa vertu l'abandonner, pour ainsi
dire, pièce à pièce, et de courir après
toutes, il a pour elle, dans le fond, plus
d'égards que l'autre n'a l'air d'en avoir.

CÉLIE. Ah! vous voulez ressusciter le
persiflage! C'est un projet!

LE DUC. Sans m'amuser à défendre

mon raisonnement, permettez-moi une question : Pardonnâtes-vous, ou non, à Monsieur de Norsan la violence qui vous mit dans ses bras ?

CÉLIE. Assurément ! je la lui pardonnai. M'avoit-il laissé d'autre parti à prendre ?

LE DUC. Et lui auriez-vous pardonné de même (au moins c'est ici le for intérieur que j'interroge) de n'avoir adouci le plus farouche de tous les Suisses ; de n'avoir transformé des ramoneurs en Grisons, ou des Grisons en ramoneurs ; de ne s'être enfin donné des peines incroyables que pour y trouver le bénéfice de venir se mettre à genoux au pied de votre lit ; et là, d'une voix lamentable, entrecoupée par les soupirs, étouffée par les sanglots, vous demander humblement pardon de l'attentat qu'il avoit commis sur votre personne, et de l'intention qu'il avoit eue de le porter beaucoup plus loin si vous lui en eussiez laissé la commodité.

CÉLIE. Pensez-vous que cela eût été si déplacé ?

LE DUC. Mais cela ne vous auroit-il point paru bien ridicule ! Première-ment....

CÉLIE. Oh ! ne rabattons pas, je vous prie, ce point-là plus longtemps : vous êtes si déraisonnable sur ce chapitre, et vous et moi voyons les choses si diffé-remment que ce seroit entre nous deux matière à une discussion éternelle. Tout ce que je puis vous dire à cet égard, c'est que vous vous trompez beaucoup si vous croyez que l'emportement ait sur moi plus de droit que la tendresse.

LE DUC. Je ne crois pas avoir à me défendre d'une pareille imputation.

CÉLIE. De grâce, encore une fois, laissons cela : abstraction faite de toute autre chose, vous avez trop d'esprit pour ne pas sentir que je ne puis trouver du plaisir à me rappeler l'idée du plus perfide de tous les hommes, ni à être ramenée au souvenir de ce que j'ai eu le malheur de lui sacrifier.

LE DUC. Eh bien, je puis vous dire une chose, parce que, de vous à moi, je la crois exempte du soupçon de flatterie : c'est qu'à quelque point que je connusse la façon de penser de Monsieur de Norsan, je ne doutai pas, quand je le vis s'attacher à vous, que vous ne fissiez ce que mille avant vous n'avoient pu faire ; qu'en un mot, vous ne le fixassiez. Aussi ne pourrois-je vous exprimer combien je fus étonné quand je vis qu'il vous avoit quittée, et le peu de temps qu'il vous resta.

CÉLIE. Oh ! pour cela, il est vrai que, si vous en exceptez cette première fougue, qui ne prouve pas plus pour nos charmes que pour vos sentiments, il n'a pas tenu à lui que je restasse très convaincue que je n'avois en moi, d'aucune façon, rien qui pût m'attacher un honnête homme.

LE DUC. Je vais peut-être vous parler avec trop de franchise ; mais il est sûr que si l'idée, aussi injuste que cruelle, que sa propre désertion vous avoit laissée de vous-même, a pu contribuer pour quelque chose à vous faire prendre Monsieur de Clêmes après lui, son inconstance a eu pour vous de bien désagréables suites.

CÉLIE. *(En rougissant.)* M. de Clêmes !

LE DUC. Au moins, je vous prie de croire que je ne vous le donne que d'après son autorité : il m'a dit qu'il avoit eu le bonheur de vous plaire ; mais comme c'est un de ces faits qui, quand ils ne sont pas véritables, sont fort agréables à supposer, je ne serois pas surpris que, vrai ou non, il eût cherché à s'en faire honneur ; et si vous vous rendiez justice, vous le trouveriez aussi simple que moi-même.

CÉLIE. Si je puis lui reprocher de l'avoir dit, je ne puis, malheureusement pour moi, l'accuser de s'en être vanté sans raison.

LE DUC. Quoi ! Madame, il est réel qu'il vous a plu ! Je vous avoue que pour me le faire croire, il ne me falloit pas moins que votre aveu même. Eh ! comment est-il possible que vous ayez donné à Monsieur de Norsan un pareil successeur ! Car, du côté de la figure, nous n'avons rien de plus médiocre ; et quoiqu'on ne puisse équitablement lui refuser de l'esprit, il n'en est pas moins vrai que ce qu'il en a est bien éloigné d'être aimable. C'est une prétention ! Un bavardage ! Un travers dans les idées, qui ne ressemble à rien, et dont je suis confondu que vous n'ayez pas été affectée aussi désagréablement que j'ai vu tout le monde l'être.

Célie. Mais il n'est pas absolument dénué de grâces ; et dans le tête-à-tête (où vous savez qu'on a toujours moins de prétentions) son esprit n'a point, en vérité, tous les ridicules que vous lui donnez, et que je conviens qu'il a, quand il veut briller.

Le Duc. Par malheur pour lui, si mon suffrage, à cet égard, lui pouvoit être de quelque chose, je ne l'ai jamais vu que voulant se faire écouter, et ayant même l'air d'être convaincu qu'il n'y a personne qu'on doive entendre avec tant de plaisir : pour les grâces, j'ai peine à comprendre que, venant de vivre dans la dernière intimité avec l'homme de son siècle qui en a le plus, et de plus à lui, les grâces gauches, maussades et forcées de

8

Monsieur de Clêmes aient pu faire sur vous quelque impression.

CÉLIE. Je n'ai pas, aujourd'hui, moins de peine que vous à le comprendre. Le dépit, apparemment, ce vide affreux qui succède à une passion, et si pénible pour quelqu'un qui vient d'en goûter les charmes : son assiduité ; sa patience ; l'ennui du désœuvrement ; un désir mal raisonné de vengeance... En vérité ! moi-même je n'y conçois rien.

LE DUC. S'il n'est point fort ordinaire de ne pouvoir, dans ce cas-là, se rendre compte de ses motifs, cela n'est pas non plus sans exemple, et je connois même personnellement plus d'une femme à qui il est arrivé, comme à vous, de prendre un engagement sans avoir jamais pu depuis, avec quelque soin qu'elles s'exa-minassent là-dessus, se dire ce qui les y avoit déterminées.

CÉLIE. Sans raisonner sur cela davan-tage, ce qu'il y a de certain, c'est qu'il n'étoit pas vraisemblable que je prisse jamais cet homme-là.

LE DUC. Pour savoir ce qu'en ce genre-là fait ou peut faire une femme, ce n'est pas toujours dans le vraisemblable qu'il faut le chercher.

CÉLIE. Croiriez-vous bien une chose ? C'est que née sensible, et adorée de Monsieur de Clêmes ; moi, ne croyant pas, à la vérité, que je l'aimasse, mais en ayant beaucoup d'envie (vous concevez par conséquent, tout ce que ce désir, et les sens mêmes devoient produire), jamais, malgré ses efforts et les miens, il n'a pu parvenir à me rendre seulement l'idée de ce que j'avois éprouvé avec son prédécesseur.

LE DUC. Quoi ! pas même ce dédommagement ?

CÉLIE. Pas même : cela est-il imaginable ?

LE DUC. A la rigueur, oui : l'amour qu'on veut avoir ne vaut jamais l'amour qu'on a ; et puis, à dire la vérité, Monsieur de Clêmes, tout de suite après Monsieur de Norsan ; sans intermédiaire qui eût un peu affaibli les idées que ce dernier vous avoit laissées ! Monsieur de Clêmes est si gourmé ! Il devoit être si

empêtré dans son bonheur! si gauche
dans ses caresses! mettre tant de pédan-
terie dans ses transports mêmes!... Ma
foi! Madame, à tous égards, vous aviez
fait là un terrible choix! Heureusement
pour vous, les circonstances l'excu-
soient; et plus heureusement encore,
cela n'a duré que le temps que doit
durer une affaire de dépit. Un mois de
plus, vous vous donniez un ridicule que
rien n'auroit pu effacer.

CÉLIE. Ce ne fut cependant pas cette
considération, toute importante qu'elle
est, qui me le fit quitter; mais ce même
homme qui m'avoit d'abord paru encore
plus étonné de son bonheur que ceux
qui l'avoient compris le moins, trouva
bientôt que je n'avois fait, tout au plus,
que lui rendre justice; et cette pré-
somption si déplacée, m'éclairant sur ses
ridicules, me força bientôt aussi à me
faire honte de mon choix. D'ailleurs, il
est, comme vous l'avez remarqué très
bien, sec, pédant et gourmé; et il a
de tout cela plus encore de l'esprit que
dans la figure: il possède, de plus, le très

incommode ridicule d'aimer à régner et
à dicter des lois; mais j'abhorre la do-
mination, surtout quand elle est passive.
Tout cela joint à la certitude que chaque
jour me donnoit que, non seulement je
ne l'aimois pas, mais encore que, quelque
chose que lui et moi puissions faire, je ne
l'aimerois jamais davantage, fit qu'enfin
je me déterminai à rompre avec lui; et
en effet, je remarquai, contre mon attente, que cela avoit très bien pris dans
le monde.

Le Duc. Au mieux! Madame: je puis
vous le certifier, moi; cela y prit même
si bien que, pour peu que cela eût été
d'usage, on se seroit fait écrire à votre
porte; et que le premier nom que vous
auriez trouvé sur votre liste eût certai-
nement été le mien.

Célie. Un empressement si vif de
votre part m'auroit d'autant plus étonnée,
que j'en aurois dû moins attendre la
sorte d'intérêt qu'il auroit paru m'annoncer.

Le Duc. Je ne vois pas bien comment

8.

une chose si simple auroit pu vous paroître extraordinaire.

CÉLIE. Mais, pardonnez-moi : vous m'aviez vu prendre Monsieur de Clêmes avec tant d'indifférence, que je devois nécessairement en conclure qu'il vous étoit on ne peut pas plus égal que je le gardasse, ou non ; et que par conséquent, une démarche de votre part, qui auroit tendu à me faire penser le contraire, m'auroit avec raison surprise.

LE DUC. Pourquoi ? Sans qu'il soit question de ce qu'on appelle l'intérêt du cœur, pour peu qu'on soit ami des gens, on est bien aise de les voir revenir d'une erreur qui leur nuit dans l'opinion publique.

CÉLIE. Un aussi faible sentiment que celui dont vous parlez doit, sur tout ce qui arrive aux personnes qui ne nous en inspirent pas davantage, laisser une bien grande indifférence ; et vous me forcez de croire que je prenois sur vous beaucoup plus que cela, ou qu'il vous étoit plus égal que vous ne dites, que je restasse, ou non, attachée à Monsieur de Clêmes.

Le Duc. Sans prendre à l'usage qu'une femme aimable peut faire de son cœur le plus vif des intérêts, il ne se peut pourtant pas que l'on reste indifférent sur cela à un certain point, lorsque l'on a l'honneur d'être de ses amis.

Célie. Oh! ce n'est que cela! J'aurois presque imaginé toute autre chose.

Le Duc. Quoi? de l'amour?

Célie. Non, pas précisément; mais quelque chose de moins général, et d'un peu plus marqué que ce que vous m'accordiez: cela a ses nuances, comme vous savez.

Le Duc. Oh! cela n'étoit pas, non plus, tout à fait si général!

Célie. A la rigueur, cela étoit possible; mais vous ne vous conduisiez point avec moi, s'il vous en souvient, de façon à me le faire croire: car entre nous, et sans vous en faire de reproches, au moins! vous êtes, de tous les hommes qui me virent alors, celui sur qui je parus faire le moins d'impression.

Le Duc. A vous parler naturellement aussi, je crois que dans le tourbillon où vous étiez, et ohsédée d'adorteurs, vous eûtes bien peu le temps de distinguer si je manquois ou non dans leur foule.

Célie. Il faut bien que cela ne soit point, puisque je m'aperçus que vous ne la grossissiez pas.

Le Duc. Ce fut peut-être à cause de cela seul que vous vous en aperçûtes ?

Célie. Vous me croyez donc bien vaine ?

Le Duc. Je n'ai pas moi-même assez de vanité pour croire que vous dussiez attacher à mon hommage, un bien grand prix : mais c'est que quelquefois vous voyez plus en ce genre ce qu'on vous refuse, que ce qu'on vous rend. Quand je dis vous, je n'ai pas besoin de vous dire combien c'est en général que je parle. Vous n'ignorez pas non plus qu'il y a des positions où, quelque aimable qu'une femme puisse nous paroître, il ne seroit pas convenable de le lui dire sérieusement, parce que l'on courroit le risque de la tromper, ou d'être infidèle, et qu'un honnête homme ne doit s'exposer ni à l'une ni à l'autre de ces deux choses-là : de le lui aller dire à titre de simple fleurette, et sans aucun autre objet, en est une qui m'a toujours paru souverainement ridicule ; et c'est aussi ce que j'ai toujours fait le moins volontiers.

CÉLIE. Cela est plaisant ! je vous aurois cru moins de scrupules sur la première de ces deux choses-là et plus de goût pour la seconde, et si vous vouliez être de bonne foi, vous conviendriez que je n'ai pas tort de croire l'un et l'autre : mais revenons, s'il vous plaît, au point d'où nous sommes partis. A la façon dont vous m'avez parlé au sujet de ma rupture avec Monsieur de Clêmes, il sembleroit que, dans ce temps-là, du moins, vous ne me voyiez pas avec toute l'indifférence que, par votre con- duite avec moi, je serois en droit de supposer : car, n'est-ce pas ce que, si je voulois, je pourrois inférer de l'empres- sement avec lequel vous vous seriez, dites-vous, fait écrire chez moi, pour peu que cela eût été d'usage ?

Le Duc. Si ce n'est pas dans la dernière précision ce que j'ai voulu dire, du moins peut-on, sans leur faire une grande violence, donner à mes paroles ce sens-là.

Célie. Pour moi, qui ne cherche assurément pas à leur donner la torture, elles ne m'en présentent point d'autre ; et je crois que je ne serois pas la seule qui les interprétât comme je fais.

Le Duc. C'est selon le plus ou moins de besoin qu'on auroit qu'elles le signifiassent ; mais comme vous ne pouvez, vous, avoir aucun intérêt à les expliquer comme vous faites, il faut que je me sois trompé quand je les ai crues sans conséquence.

Célie. Oh! n'ayez pas peur : mon intention n'est point de leur donner une autre valeur que celle que vous y attachez vous-même.

Le Duc. Une crainte de cette espèce me donneroit un si grand ridicule, que je me flatte que vous voudrez bien ne me la pas supposer.

Célie. Vous devez être d'autant plus

tranquille à cet égard, que je ne pourrois vous la croire, sans m'en donner,
toute la première, un très grand.

Le Duc. Je ne sais si c'est parce que je
n'ai pas l'honneur d'être femme ; mais
leurs prétentions me paroissent toujours
moins déplacées que les nôtres.

Célie. C'est selon ce que nous sommes :
car, à mon gré, ce n'est pas notre sexe
mais nos grâces, qui les excusent ; et
toutes n'en ont pas comme vous savez.
*(Ici la conversation tombe une minute à
peu près ; et Célie paraît rêver assez
profondément. Le Duc, enfin, lui demande ce qui l'occupe si fort.)*

Célie. Je cherchois à me rappeler
quelle femme vous occupoit vous-même,
lorsque Monsieur de Norsan me quitta.

Le Duc. Tout ce dont je me souviens,
c'est que je faisois quelque chose ; mais
j'aurois, je l'avoue, peine à vous dire
tout d'un coup ce que c'étoit.

Célie. Il falloit que cela ne vous
intéressât pas beaucoup, puisque vous
en avez si peu conservé la mémoire.

Le Duc. Assurément : selon toute apparence, c'étoit quelque fille.

Célie. Et quand je quittai Monsieur de Clêmes?

Le Duc. C'étoit quelque chose qui ne valoit pas beaucoup mieux.

Célie. Oserois-je bien, à présent, vous demander pourquoi, lorsque Monsieur de Norsan me quitta, vous sentant, de votre aveu même, une sorte de goût pour moi, et ne [faisant rien qui vous imposât la loi de le contraindre, vous ne me parlâtes point ; ou pourquoi, quand je quittai Monsieur de Clêmes, étant, à fort peu de chose près, dans la même position, vous gardâtes le même silence ?

Le Duc. *(Avec embarras.)* S'il est vrai que dans le temps que Monsieur de Norsan vous rendit votre liberté, la mienne n'étoit pas engagée, je n'étois pas non plus absolument libre. Après cette fille dont je vous ai parlé, j'avois, ainsi que cela nous arrive souvent, pris, sans l'aimer, une femme qui ne m'aimoit guère davantage. Ses bontés n'avoient point changé mon cœur ; mais ses dis-

positions n'étoient pas restées les mêmes :
elle vouloit à toute force que je l'aimasse : c'étoit une fantaisie qui lui étoit
venue ; en conséquence, elle ne se prê-
toit plus avec la même résignation à
mon indifférence pour elle. Vous n'ignorez pas que, quoique par elles-mêmes
des chaînes de ce genre ne soient pas
faites pour être respectées à un certain
point, on ne les rompt pas comme on
voudroit, parce qu'on craint, en s'y
dérobant sans aucune sorte d'égards,
d'avoir de trop mauvais procédés. Cette
femme qui connoissoit ma façon de
penser là-dessus, en abusoit indécemment. De sorte que quand, enfin, je me
fus déterminé à rompre avec elle, je
trouvai, non seulement que vous n'étiez
plus libre, mais même que vous aviez
pris l'homme du monde dont je me
serois défié le moins.

CÉLIE. Soit : mais quand cela ne fut
plus, vous ne pouvez pas dire assurément que je fisse rien qui pût vous empêcher de me parler, si vous en eussiez
envie ; car je fus plus de six mois sans

9

vouloir entendre parler de quoi que ce fût.

Le Duc. Tant que cela !

Célie. Oui, tout autant : c'étoit, à ce qu'il me semble, vous laisser le temps de vous expliquer.

Le Duc. Eh mais ! Madame, avec votre permission, vous ne mîtes pas entre de Clêmes et d'Alinteuil un si long intervalle ?

Célie. (*En affectant de rire.*) Monsieur d'Alinteuil ! Voilà une bonne folie ! Est-ce qu'on me l'a donné dans le monde ?

Le Duc. On a pris cette liberté : est-ce que vous n'en saviez rien ?

Célie. En voilà, je vous jure, la première nouvelle : et vous crûtes donc, vous, que je l'avois ?

Le Duc. Ma foi ! oui : sur des choses de ce genre, je crois assez volontiers ce que j'entends dire à tout le monde, surtout quand elles paroissent aussi vraisemblables que le paroissoit celle-là.

Célie. Me seroit-il permis de vous demander ce qui lui donnoit ce caractère de vraisemblance si frappant ?

Le Duc. La façon dont vous viviez avec lui.

Célie. Elle étoit amicale; j'en conviens.

Le Duc. Oh! oui, fort amicale !

Célie. C'est qu'au fait, elle n'étoit que cela; et que si c'est sur cela seul qu'on me l'a donné, je ne sais pas comment, pour éviter de pareilles imputations, il faut que nous vivions avec vous. J'ai toujours fait, comme ami, beaucoup de cas de Monsieur d'Alinteuil; mais ce seroit un des hommes du monde que je voudrois le moins pour amant; et je n'ai jamais varié là-dessus une minute.

Le Duc. Je ne vois pas bien pourquoi, car il est aisé de faire pis : d'Alinteuil, avec une figure fort agréable et beaucoup d'esprit, n'est pas un amant, ni qu'il doive être si difficile de prendre, ni dont on puisse avoir à rougir.

Célie. Il n'est pas ici question de son plus ou moins de mérite : je conviens, d'ailleurs, avec vous, qu'on ne sauroit, de toutes façons, être plus aimable;

mais, comme vous savez, je crois, on n'aime pas tout ce qui paroît digne d'être aimé ; et moins je pensois à faire de lui mon amant, moins je crois aussi m'être conduite avec lui de façon à faire penser qu'il le fût ; à moins pourtant que les plus simples témoignages d'amitié ne passent, dans l'esprit de certaines gens, pour des actes de tête tournée ; et de ces derniers, je ne crois pas, quoi que vous disiez, en avoir fait pour lui.

Le Duc. Moi, Madame ! Est-ce que je dis rien qui doive seulement vous faire soupçonner que je cherche à vous en accuser ?

Célie. Assurément, oui! Si, comme je le pense, dire à quelqu'un que l'on croit qu'il a fait une chose, est l'accuser de l'avoir faite.

Le Duc. En tout cas, je n'ai pas été le seul qui l'aie cru ; et l'on en fut même dans le monde si persuadé, que tous ceux qui avoient des prétentions sur vous (et le nombre n'en étoit pas médiocre) les retirèrent, comme convaincus qu'elles leur seroient inutiles ; et assez ordinairement, nous ne prenons point une pareille conviction à si bon marché, quand elle a de quoi blesser nos sentiments, ou mortifier notre amour-propre.

CÉLIE. Eh! vous fûtes apparemment du nombre de ceux qui l'eurent, et qu'elle effraya ?

LE DUC. Je ne vois pas bien pourquoi j'en aurois été moins épouvanté qu'un autre.

CÉLIE. Si vous y prenez garde, vous éludez ma question plus que vous n'y répondez.

LE DUC. Eh! oui, Madame, je fus de ce nombre : quelle raison, encore une fois, aurois-je eue pour n'en être pas ?

CÉLIE. Votre embarras me fait rire ! Mais aussi, de quoi vous avisez-vous de vouloir me faire croire qu'en aucun temps de votre vie, vous ayez pensé à moi d'une certaine façon, lorsque j'ai du contraire toutes les preuves imaginables ?

LE DUC. Toutes ces preuves qui déposent, à ce que vous croyez, si fortement en faveur de votre opinion, se ré-

9.

duisent à mon silence; et ce même
silence ne me paroît rien prouver du
tout, dans les circonstances où vous et
moi étions alors.

Célie. Je ne sais pas; mais, d'ordinaire, un homme amoureux, ou qui pré-
voit seulement qu'il n'est pas impossible
qu'il le devienne, ou parle de son sentiment actuel, ou prépare les voies à son
sentiment à venir; il me semble du
moins qu'en général c'est assez votre
usage.

Le Duc. Je l'avoue, Madame; mais
vous ne devez pas non plus ignorer que,
quelque général que soit un usage, il
n'est pas suivi par tout le monde; ou
qu'en l'adoptant, chacun, d'après son
caractère, le restreint ou le modifie.

Célie. Si vous avez toujours été de la
même circonspection, vous avez dû
perdre bien des occasions d'être heureux; ou vous avez forcé à de bien désagréables avances les femmes qui vous
distinguoient; car il seroit injuste de
croire qu'il soit également commode
pour toutes de parler les premières; et

indépendamment même de la violence qu'on a à se faire pour en venir là, c'est une démarche dont, quelque aimable qu'on puisse être, le succès est si peu certain ; et qui, d'ailleurs, expose à donner de soi des idées si singulières, qu'il faut nécessairement, pour se la permettre, l'amour le plus tendre...

LE DUC. Ou une bien grande douceur de mœurs.

CÉLIE. Mais vous, Duc, que penseriez-vous d'une femme qui, nourrissant depuis longtemps dans son cœur, je ne dis pas un sentiment déterminé, mais un penchant tendre, auquel différentes choses des deux parts l'auroient empê-chée de se livrer ; et qui, aussi lasse de le contraindre que de ne le pas voir pénétrer, l'avoueroit enfin à celui qui l'auroit fait naître ?

LE DUC. Vous supposez, sans doute, qu'elle n'auroit exactement rien fait au profit du sentiment qu'elle auroit, et qui eût pu le faire deviner ?

CÉLIE. Je ne le supposois pas : mais quand cela seroit ?

Le Duc. Dans la question que vous me présentez, vous imaginez, apparemment, un homme qui a de l'usage du monde ?

Célie. Oui, si vous voulez : mais quand il n'en auroit pas ?

Le Duc. C'est que dans l'un ou l'autre de ces deux cas, l'état de la question ne sera plus du tout le même.

Célie. Je ne vois point pourquoi, quelque supposition, de ces deux-là, que l'on veuille admettre, l'état de la question en sera si fort changé.

Le Duc. Mais pardonnez-moi, Madame; la différence de l'homme qui n'est pas instruit, à l'homme qui l'est, n'est point, à ce dont il s'agit, aussi étrangère que vous le pensez. Dans une très grande jeunesse, notre inexpérience ne nous permet pas de lire dans le cœur de la femme même qui nous intéresse le plus, ce qui s'y passe pour nous; et elle peut, sans risque, nous l'apprendre, parce que si ce n'étoit pas l'amour qui reçût sa déclaration, ce seroit le désir; et que, quand une femme ne nous inspireroit rien, pas même la plus légère curiosité, il suffiroit, pour qu'elle nous en fît naître, ou même pour que nous nous en crussions fort amoureux, qu'elle nous apprît que nous avons su lui plaire : mais si c'est un homme que l'usage du monde ait éclairé, qu'elle a pour objet, et qu'elle ait tâché de le lui faire entendre, je crois qu'elle ne peut, sans hasarder beaucoup, aller plus loin, parce qu'il est à présumer qu'il veut plus paroître ignorer ce qu'elle sent pour lui, qu'il ne l'ignore en effet ; et qu'un aveu de cette espèce ne sauroit être fait avec succès à quelqu'un qui, en ne voulant pas l'entendre, lui en fait, de son indifférence pour elle, un tort tacite, il est vrai, mais pourtant on ne peut pas plus marqué.

Célie. Rien, sans doute, n'est mieux vu que ce que vous me dites ; et c'est dommage qu'il réponde si peu à ce que je vous demandois. Ce que je voulois savoir simplement, c'est ce que vous penseriez, vous, d'une femme qui se mettroit dans ce cas-là.

LE DUC. Pour pouvoir répondre de ce que l'on feroit dans telles ou telles circonstances, il faudroit avoir éprouvé une situation, sinon toute semblable, du moins à peu près pareille ; et comme il ne m'est point arrivé de recevoir de pareilles déclarations, il me seroit difficile de vous dire affirmativement de quelle façon je pourrois en être affecté.

CÉLIE. Premièrement, je ne crois point, avec votre permission, qu'il soit bien vrai qu'à cet égard on ne vous ait jamais prévenu de politesse ; mais quand cela seroit, je n'en serois pas moins persuadée qu'il y a des choses que, pour décider la sorte de sensation qu'elles pourroient faire sur nous, il n'est pas nécessaire d'avoir éprouvées ; et, si je ne me trompe, ce que je vous propose est de ce nombre.

LE DUC. *(Embarrassé).* Mais... pardonnez-moi... D'abord, les circonstances où l'on peut se trouver doivent nécessairement influer beaucoup sur le fond de la chose... Tel aveu que, dans un certain temps, je recevrois avec

transport, peut, dans un autre, ne me
pas intéresser. Il peut me plaire dans la
bouche d'une femme et me blesser dans
la bouche d'une autre, ou, sans faire
sur moi une si désagréable impression,
me laisser du moins, sur ses sentiments,
dans la plus profonde indifférence. En
général, il me semble que, pour cela,
nous dépendons beaucoup de notre
façon de penser, du plus ou du moins
qu'en cet instant une femme nous paroît
sacrifier, et de nos préjugés sur ces
choses-là, qui sont, assez ordinairement,
la règle et la mesure de notre reconnoissance. Comme, en quelque situation que
nous puissions nous trouver, nous ne
perdons jamais de vue, à un certain
point, les intérêts de notre vanité, cela
dépend encore de la portion d'estime
qu'elle s'est acquise, parce qu'il ne sauroit nous être indifférent que le triomphe
que nous remportons ait de quoi flatter
ou humilier notre gloire, et que, peut-
être, nous tenons encore plus à cela
qu'au plaisir même. Ce n'est pas cependant que si elle est extrêmement jolie,

ou seulement qu'elle passe pour telle,
qu'en faveur de ses agréments ou du
bruit qu'elle fait, nous ne lui pardon-
nions de manquer de décence, et qu'à
fort peu de chose près, nous n'attachions
d'abord à notre victoire le même prix
que si elle eût de quoi flatter notre
orgueil par sa difficulté. L'embarras, la
modestie, la pudeur ont pour les uns
des charmes inexprimables; les autres,
moins délicats, ne s'émeuvent qu'autant
qu'une femme leur montre moins d'envie
d'être aimée que d'être séduite, et
qu'enfin le cœur est ce qu'elle paroît le
moins vouloir toucher. Les uns...

CÉLIE. Les uns! les autres! Qu'est-ce,
je vous prie, que tout ce long verbiage?
Ce que je veux savoir n'est pas ce qui
affecte plus ou moins, en bien ou en mal,
tous ces gens-là; mais ce qui vous
affecte, vous, personnellement. Il ne se
peut pas que depuis que vous existez,
vous ignoriez ce qui, soit par votre constitution, soit par votre façon de penser,
pourroit prendre le plus sur vous; et
c'est ce que je vous demande inutile-

ment depuis deux heures : voudrez-vous bien enfin me répondre ?

Le Duc. A l'égard de la façon de penser, j'en ai une à moi, rien n'est plus sûr ; mais elle est, comme celle de tous les hommes du monde, si subordonnée aux circonstances, qu'il y auroit, à moi, une sorte de mauvaise foi à m'en donner une d'après laquelle j'agisse toujours. Pour ma constitution, elle est telle, je l'avoue, que je ne voudrois pas répondre de moi bien longtemps, si l'on cherchoit plus à aller à mes sens qu'à mon cœur.

Célie. *(En souriant.)* C'est-à-dire qu'avec un peu d'indécence on auroit bon marché de vous.

Le Duc. J'en conviens, je la déteste ; mais elle m'entraîne ; pourvu, cependant, que ce ne soit point de l'amour que l'on me demande ; car, je le répète encore, ce ne seroit pas là le moyen de m'en donner.

Célie. Jureriez-vous bien de cela ?

Le Duc. Tout homme sensé, surtout quand il est question de choses dans lesquelles le caprice ou le goût peuvent

10

jouer un bien plus grand rôle qu'on ne
le pense, ne doit, selon moi, jurer de
rien. Tout ce que je sais seulement,
c'est que si le mépris n'a jamais empêché qu'on ne m'inspirât des désirs, il m'a
jusqu'ici, du moins, rendu inaccessible
à l'amour.

CÉLIE. Que vous méprisassiez une
femme qui, en effet, n'en voudroit qu'à
vos sens, je n'ai point de peine à l'imaginer : mais il me semble que vous
devriez un sentiment tout contraire à
celle qui, vous aimant assez pour braver
en votre faveur tout ce qu'on dit que
nous nous devons, ne chercheroit à attaquer vos sens que dans l'intention d'aller
par eux jusques à votre cœur. Vous me
direz peut-être que cette confiance en
ses charmes pourroit annoncer de sa
part un peu trop d'amour-propre ; mais
quand elle a de quoi le justifier, du
moins ne peut-on pas légitimement lui
en donner un ridicule.

LE DUC. S'il est vrai, comme on le
croit, que l'amour-propre nous inspire
l'horreur de ce qui peut nous dégrader,

ce seroit bien injustement qu'on lui en reprocheroit. A l'égard du ridicule, en méritât-elle, ce n'est pas dans l'instant ce qu'elle risque le plus et qui nous frappe davantage : le désir ne discute rien. En supposant toutefois que, du côté des charmes, elle ne pût qu'y gagner, oserois-je bien vous demander pourquoi, de tout ce qu'elle pourroit tenter pour toucher un homme, elle prendroit de préférence la voie qui l'exposeroit presque infailliblement à manquer le but qu'elle se propose ?

CÉLIE. De préférence ! Non : je suppose qu'elle ne l'emploieroit que parce qu'il ne lui en resteroit pas d'autre; qu'elle auroit d'abord tâché vainement de se faire entendre; et qu'enfin, ce seroit une chose moins de choix que de nécessité. Il me semble, de plus, qu'une femme, sûre d'avoir dans le cœur de quoi justifier une démarche qui ne blesse que des idées adoptées peut-être sans beaucoup d'examen, et dont encore il est à considérer qu'elle a l'amour pour excuse, peut, à la faire, risquer moins

que vous ne prétendez ; et qu'enfin, un
mépris momentané doit l'effrayer moins
que le malheur constant de vivre sans
ce qu'elle aime.

Le Duc. Momentané ! Eh ! qui l'assure
donc tant qu'il le soit ?

Célie. *(Fort impatientée et d'un ton
d'aigreur.)* Oh ! Monsieur le Duc, vous
me permettrez de vous le dire, pour un
homme de votre rang, et qui, d'ailleurs,
a vécu dans le monde, comme vous avez
fait, vous avez bien les préjugés les plus
gothiques et les plus inattendus.

Le Duc. Peut-être aussi sont-ce des
principes : chacun, comme vous savez,
a sa façon d'envisager les choses ; cependant, il devroit y en avoir...

Célie. *(Avec excessivement d'humeur,
et du ton du dédain.)* Ah ! de grâce, ayez
la bonté de ne m'en définir aucune : la
Marquise a tantôt parlé là-dessus avec
tant d'étendue, que je ne verrois pas
avec plaisir revenir sur le tapis ce sujet
d'entretien.

Le Duc. Ne l'y mettons donc pas.

Célie. C'est dommage, n'est-il pas

vrai, que je vous arrête sur cela ? C'étoit pour le coin du feu la plus délicieuse conversation !

Le Duc. Elle pourroit, à mon sens, s'y supporter tout comme un autre. *(Il paroît tomber dans une rêverie assez profonde, et il garde quelque temps le silence.)*

Célie. Pourroit-on, sans troubler trop votre auguste rêverie, vous en demander le sujet ?

Le Duc. Je considérois en moi-même, avec assez de surprise, à quel point le plus ou moins de faveur qu'ont auprès de nous les opinions des gens dépend du plus ou moins de goût que nous avons pour eux.

Célie. Cela peut être vrai : mais quel rapport peut avoir votre réflexion avec la question présente ?

Le Duc. Que ce que vous appelez en moi les préjugés les plus gothiques et (pour me rendre ce que votre politesse a bien voulu m'épargner) les plus ridicules vous paroissoit, dans la bouche de Pré-vanes, des principes que vous n'auriez

10.

ni contestés, ni même souffert que l'on contestât.

CÉLIE. *(Froidement.)* Monsieur de Prévanes avoit sans doute trop d'honneur pour ne pas admettre tout ce qui peut l'étendre ; mais ses principes étoient, ce me semble, un peu moins gourmés et un peu plus analogues à la nature, que ne le sont les vôtres.

LE DUC. En vérité ! ils étoient exactement les mêmes ; mais vous l'aimiez, et vous aviez raison. *(Ici il prend un air et un ton attendris.)* Ah ! Madame, quelle perte pour vous ! Combien il vous adoroit ! Combien même dans ces instants affreux où la nature accablée nous laisse à peine le sentiment de nous-mêmes, il étoit encore tout rempli de vous !... Que je vous plains ! Ah ! le malheur que vous venez d'essuyer est un de ces coups dont on se sent, et dont on ne peut que s'affliger tout le reste de sa vie.

CÉLIE. *(Sans se laisser gagner par le ton tragique du Duc et avec sécheresse.)* Oui ; ou dont on est, pour parler plus

juste, longtemps affecté d'une façon bien
cruelle, et dont je crois même que l'on
ne se consoleroit jamais totalement, si la
nature nous permettoit sur quoi que ce
fût, une sensibilité éternelle.

Le Duc. Pour moi, je suis si convaincu
que l'âme ne s'émousse jamais, à un
certain point, sur des pertes de ce genre,
que, quelque vivement que je parusse
aimé d'une femme qui auroit été dans la
même situation que vous, je regarderois
toujours sa tendresse pour moi beaucoup
moins comme un sentiment qu'elle
auroit que comme une distraction qu'elle
voudroit se faire.

Célie. A vous permis d'être injuste ;
ce ne seroit peut-être pas la première
fois que vos préjugés vous conduiroient
à l'être.

Le Duc. Quoi ! Madame, est-ce qu'en
pareil cas vous n'auriez pas les mêmes
craintes ?

Célie. J'avoue que ce ne seroit point
pour moi une raison de douter du goût
que j'inspirerois ; et que croire qu'un
homme seroit devenu incapable d'aimer,

parce que la mort l'auroit privé d'une femme à qui il étoit attaché, me sembleroit une chose absurde. Ce seroit comme si j'imaginois qu'un amant qui s'offriroit à moi, venant de faire ou d'essuyer une infidélité, ne pourroit pas m'aimer sérieusement : et chacune de ces craintes seroit, selon moi, assez peu sensée.

Le Duc. Ainsi donc, cela vous paroîtroit revenir au même ?

Célie. Si ce n'est, pourtant, que je compterois plus sur le sentiment du premier que sur le sentiment de l'autre.

Le Duc. Cette préférence me confond.

Célie. Voici donc sur quoi je l'appuie. Un infidèle, sans compter qu'il annonce dans le caractère une légèreté assez faite pour effrayer, peut retrouver ce même objet qu'il abandonne, et ne le pas revoir avec toute l'indifférence qu'il avoit lieu de se supposer pour lui. Les hommes, quelquefois, croient leur cœur éteint, lorsqu'ils n'éprouvent dans le fond qu'une lassitude dont il ne faut qu'un

peu de repos pour les remettre ; et vous
conviendrez qu'avec un homme de qui
la maîtresse n'existe plus, on n'a pas à
craindre l'inconvénient de ces retours
que votre caprice ou votre vanité ne
rendent que trop fréquents. D'ailleurs,
celui qui vient d'éprouver une infidélité
peut ne se livrer à un engagement nouveau que par désœuvrement, par dépit,
ou simplement pour montrer à la femme
qui le quitte combien aisément il a pu
réparer sa perte, et être plus occupé de
ce dont il ne jouit plus, que de ce qu'il
possède. Il me semble donc qu'il vaut
mieux n'avoir à triompher que d'un
souvenir, très tendre, à la vérité, mais
que la raison nous fait une loi de ne pas
entretenir, et dont même, sans son
secours, le temps ne nous laisseroit, à
la fin, que de très faibles traces, que
d'avoir sans cesse à craindre le pouvoir
de l'habitude, la tromperie qu'on a pu
faire, le désir de retrouver, et (ce qu'il
y a de plus incommode encore) le regret
de ce qu'on a perdu.

LE DUC. De sorte donc que vous ne

pensez point que la perte de Prévanes vous ait séché le cœur au point de ne lui jamais donner de successeur; ou ne point aimer, autant que vous l'avez aimé lui-même, celui qui lui succédera ?

CÉLIE. En amitié, comme en amour, vous êtes assurément un homme étrange! Ce qu'ordinairement on cherche avec le plus de soin, c'est d'écarter du souvenir des pertes qu'ils ont faite, l'esprit de ses amis; et il n'y a rien que vous ne fassiez pour me ramener au sentiment de la mienne. Si vous prenez ce soin-là pour un service d'ami, vous pourriez bien vous méprendre.

LE DUC. Il faut toujours que j'aie tort, de façon ou d'autre.

CÉLIE. Je laisserai tomber cela, je vous en avertis: toute simple qu'en devroit être la discussion, vous ne manqueriez pas d'y trouver matière à un très long discours; et, soit dit sans vous déplaire, ils ne me plaisent pas autant qu'à vous.

LE DUC. Ma foi! vous êtes la seule qui, depuis que j'existe, m'ayez pris pour un raisonneur.

CÉLIE. Si cela est, on est bien loin de vous rendre justice ; mais comment va notre feu ?

LE DUC. A merveille.

CÉLIE. Quoi ? il n'est pas tombé ?

LE DUC. Il 'est, au contraire, très ardent.

CÉLIE. Il faut donc que le froid augmente : je me sens gelée !

LE DUC. Avec tout l'édredon qui vous couvre ?

CÉLIE. *(D'un air sec et railleur.)* Oui, avec et malgré tout cet édredon-là, j'ai froid : cela ne se peut-il pas, à la rigueur, sans blesser ni préjugés ni principes ?

LE DUC. Ah ! belle Célie, vous prenez de l'humeur !

CÉLIE. Non : mais c'est que je n'aime point les opinions déraisonnables, et qu'il peut m'être permis d'être surprise de vous en voir, dont votre propre conduite devroit si peu vous laisser soupçonner !

LE DUC. La façon de penser d'un homme est quelquefois si différente de sa façon d'agir, qu'il ne seroit pas toujours bien sûr de juger de l'une par l'autre.

CÉLIE. *(Avec un peu d'emportement.)* Tout comme il vous plaira, Monsieur de Clerval, mais je vous jure que si vous avez la fureur de disserter, vous aurez le plaisir de disserter tout seul.

(Elle fait un mouvement pour se lever ; il court lui donner la main, et la conduit au fauteuil qu'occupoit la Marquise : elle s'y jette, et s'y place d'une façon tout à fait négligée. Quoiqu'elle le boude, ou qu'elle en ait, du moins, toute l'appa-rence, il croit avoir senti qu'avant que de quitter sa main, elle lui a pressé assez tendrement le bout des doigts ; cela le force à rêver et à la regarder avec une sorte d'émotion et d'intérêt qui, pour n'être ni l'émotion ni l'intérêt que donne l'amour, tels qu'ils sont, suffisent au moment. Ce seroit d'ailleurs connoître mal les hommes (Monsieur de Clerval fût-il même annoncé aussi fidèle que l'on sait qu'il l'est peu) que d'imaginer' qu'il ait, ainsi qu'il l'a fait, pénétré les vues de Célie, sans que, malgré son

*indifférence pour elle et sa tendresse
pour la Marquise, il n'ait pas été, par
des degrés, disposé à les remplir. Il ne
seroit pas même impossible que cette
opération se fût faite en lui, sans qu'il
en eût eu la preuve complète qu'à l'instant actuel. Souvent le cœur se ferme à
l'amour, que les sens ne s'en ouvrent pas
moins au désir ; et quelquefois même,
pour produire sur nous cet effet, une
femme a encore moins besoin d'être
aimable que de ne nous pas voiler ses
dispositions à notre égard. Si notre
vanité seule suffit pour lui faire remporter le triomphe auquel elle aspire,
réunie à l'idée du plaisir, que ne peut-
elle pas sur nous ! Célie, qui, selon
toute apparence, juge sainement de l'état
du Duc, le regarde à son tour. Le désir,
la confusion, se peignent à la fois dans
ses yeux : ils sont beaux. Personne
n'ignore, de plus, à quel point une femme
s'embellit dans ces moments ; le charme
que le désir et l'attente de la volupté
(qui eux-mêmes en sont une) répandent
sur toute sa personne et sur tous ses mou-*

11

vements; à quel point la douce langueur où elle paroît plongée prend sur les sens; et le désordre où elle les jette. Cependant, le Duc, tout agité que Célie le voit, garde le silence, et n'a pas l'air moins irrésolu que troublé. Que faire? Quel parti prendre? Montrer du sentiment? Détail long, dont l'effet est peu sûr; et pendant lequel, peut-être, l'impression qu'elle a su faire s'affoiblira. Chercher par quelque autre moyen à l'augmenter? C'est s'exposer à la faire tout à fait disparoître; car les sens ont aussi leur sorte de délicatesse: à un certain point, on les émeut; qu'on le passe, on les révolte. Célie, enfin, ne sachant à quoi s'arrêter, et rêvant au point qu'elle finit par se croire seule; d'ailleurs, pénétrée de froid, consulte un peu moins, pour se chauffer, ce qu'exigeoit d'elle sa décence, que le besoin qu'elle en a. Qu'elle se l'exagère ou non, c'est ce sur quoi nous croyons qu'elle a seule le droit de prononcer: car, enfin, personne ne peut, avec équité, déterminer, d'après sa propre sensation, le plus ou moins de froid dont une autre peut être susceptible. Il est vrai que Célie a la jambe parfaitement belle ; mais, occupée comme elle l'est, est-il bien sûr qu'elle ait pensé qu'en l'offrant aux regards du Duc, elle le déterminera ? L'on convient que cela est probable, mais aussi tout ce qui est probable n'est pas prouvé. Quoi qu'il en soit, et en laissant à l'écart une discussion inutile à la chose, et qui, de plus, passe évidemment nos forces, nous nous contenterons de dire que le Duc, en portant et arrêtant ses yeux sur le spectacle qui leur est si innocemment offert, paroît tout à la fois céder à l'impression qu'il fait sur lui, et tâcher de la combattre ; cependant, ce n'est qu'un homme ; et c'est dire assez que le désir doit enfin l'emporter en lui sur la réflexion. Il est, de plus, à noter que Célie est dans un de ces grands fauteuils qui sont aussi favorables à la témérité que propres à la complaisance, et que sa position semble plus faite pour annoncer l'une que pour décourager l'autre. Le Duc, cédant enfin à une situation trop forte pour sa vertu, et qui pourroit bien aussi l'être trop pour la vertu de beaucoup d'autres, n'annonce à Célie ses désirs que par tout l'emportement qu'elle étoit, depuis quelques minutes, en droit d'en espérer ou d'en craindre.

LE DUC. *(Du ton du reproche et du désir.)* Ah! traîtresse.

CÉLIE. *(Tout à fait étourdie de l'audace de M. de Clerval.)* Ah!... Monsieur de Clerval!... Y pensez-vous!... Monsieur de Clerval!... Devois-je?... Eh bien donc!... Aurois-je dû?... Et vous ne m'aimez pas!... Au moins dites-moi donc que vous m'aimez!

(Le Duc continue de faire ce qu'on lui reproche, et de se taire sur ce qu'on désire de lui. Célie qui présume sûrement que, plus à lui-même, il lui dira le mot qu'elle lui demande, cesse de le presser là-dessus, et, sur une supposition si bien fondée, consent enfin à se comporter comme si elle l'avoit obtenu, et que même elle ne pût pas douter qu'il ne lui dît très vrai. On trouvera tout simple

qu'il profite de la sécurité où elle est à cet égard, et même qu'il en abuse, quoiqu'en toute règle il ne soit pas bien à lui de faire l'un et l'autre. Le Duc, enfin, lui prend une de ses mains et la lui baise ; de l'autre, elle se couvre le visage. Comme, dans un état si violent, il lui est impossible de songer à tout, il se trouve que c'est la seule chose qu'elle pense à dérober à l'admiration de Monsieur de Clerval. Telle que nous l'avons peinte, on n'aura pas de peine à croire que la vérité n'entre pas moins que la reconnoissance et la galanterie dans les éloges dont on l'accable ; toute satisfaite, cependant, que nous avons sujet de la croire intérieurement, de tout ce qu'il lui dit de flatteur, et des transports dont il l'accompagne, la décence la force de s'y dérober, ou de le tâcher, du moins : car Monsieur de Clerval vient d'acquérir de si grands droits, qu'il est très douteux que l'on n'ait pas encore plus à le ménager que la décence même. Il est, d'ailleurs, à remarquer que la pudeur obligeant Célie à se couvrir le visage, il ne *lui reste qu'une main, dont encore on ne la laisse pas disposer comme elle le voudroit, et qui, quand elle seroit absolument libre, seroit encore bien peu de chose pour tout ce qu'elle auroit à en faire.)*

CÉLIE. *(Toujours le visage couvert et du ton le plus languissant.)* Ah! Monsieur de Clerval, je vous en conjure, laissez-moi! N'avez-vous pas abusé de ma foiblesse, et peut-il, à cet égard, vous rester quelque chose à faire?

(On imagine bien qu'il ne l'écoute pas, et qu'il continue toujours de la louer et de lui prouver, par les caresses les plus ardentes, qu'il sent, on ne peut pas plus vivement, ce qu'il lui dit.)

CÉLIE. *(Continuant.)* Ah! toujours des éloges! pensez-vous qu'ils me tiennent lieu de ce que vous ne m'avez pas encore dit? S'ils suffisent à la vanité, qu'ils sont peu faits pour contenter le cœur!

(Comme il ne cesse de s'obstiner au silence et de mettre ce qu'il sent à la place de ce qu'il ne sent pas, Célie, enfin, le repousse, et se servant de ses

deux mains, s'arrange de façon que ce n'est plus que de souvenir qu'il peut encore louer ses charmes : il se réveille. On sent assez, sans qu'il soit nécessaire de le dire, que s'il y a, d'un côté, beaucoup d'humeur, il n'y a pas, de l'autre, médiocrement d'embarras. Célie, enfin, après avoir quelques instants attendu que le Duc lui parle, comme elle le désire, voyant qu'il reste les yeux baissés, et debout au coin de la cheminée, après l'avoir regardé quelque temps avec la plus forte indignation, se lève avec fureur, se promène avec violence, et tantôt les yeux au ciel, tantôt les ramenant vers la terre, les arrête quelquefois aussi sur Monsieur de Clerval, avec l'expression de la colère la plus vive et du ressentiment le plus marqué. Cette scène paroît faire, de plus en plus, repentir le Duc de l'instant de fragilité qui l'a amenée, sans cependant le conduire à ce qui pourroit la faire changer de face. Il ne seroit toutefois question, pour s'en tirer, que de dire à la dame outragée de ces galanteries vagues, qui ne signi-

*fient que ce qu'on veut, que la passion ou
la vanité d'une femme interprète comme
elle a besoin qu'elles le soient, et qu'un
homme réduit aisément à la valeur qu'il
leur donne lui-même, lorsqu'il lui devient
de quelque importance qu'elle cesse de s'y
tromper. A propos de quoi donc, de la
part du Duc, cette obstination à se taire
qui paroît si peu fondée? On peut en
donner deux motifs: l'un, que le désir
éteint, ou du moins fort affoibli, il ne
sent plus que le regret d'avoir manqué
à la Marquise; l'autre, qu'il entrevoit
les conséquences que peut entraîner sa
foiblesse. Quelqu'un répondra, sans
doute, qu'il faut au désir, pour renaître,
moins de temps que le Duc n'en emploie
à rêver, surtout lorsque l'objet n'a rien
qui ne doive en hâter le retour; et qu'en
occupant Célie des siens, il la distrairoit
peut-être de cette fantaisie de sentiment
qui lui a pris si mal à propos, et qui,
effectivement, pourroit, s'il s'y rendoit,
lui donner plus de droits qu'il ne lui
convient qu'elle en ait. Sans faire à nos
lecteurs, ni l'honneur de croire que la*

ressource qu'ils voudroient que le Duc
se cherchât ici ne coûtât rien à aucun
d'eux, ni l'injure d'imaginer qu'elle fût
également pénible pour tous, nous
croyons pouvoir répliquer que si jamais
peut-être une passion, quelque vive
qu'elle fût, n'a empêché un homme de se
livrer à un caprice, elle peut retarder en
lui la renaissance des désirs, par l'empire que, ce caprice une fois satisfait,
elle reprend sur ces mêmes sens qui
viennent de la sacrifier d'une façon si
cruelle ; et que, quelque aimable que
puisse être une femme, il n'appartient
qu'à celle qui est véritablement aimée de
ne pas voir le désir s'éteindre, ou d'en
voir prendre la place par des transports
qui ne lui en laissent pas même soupçonner le repos. Si le Duc étoit bien sûr
qu'il suffît à Célie, pour l'intérêt de sa
gloire, pour l'excuse de sa distraction,
ou pour contenter le goût momentané,
qu'il se peut, après tout, qu'elle ait pris
pour lui, qu'il lui dît ce qu'elle en exige ;
et qu'elle voulût bien, l'instant passé, ne
se le pas rappeler plus que lui-même, il

y a lieu de croire qu'il ne le lui refuse-
roit pas : mais qui peut lui répondre de
l'usage qu'elle en fera et du prix qu'elle
voudra y attacher ? Eh bien ! en ce cas-
là, il reprendra tout ce qu'il lui aura
dit : ne diroit-on pas que cela n'arrive
jamais ? Pardonnez-moi : tous les jours ;
mais toutes les situations ne se ressem-
blent point et ne veulent point la même
marche. Si la Marquise et Célie ne
vivoient pas ensemble avec tant d'inti-
mité, il lui importeroit peu d'être obligé
de garder quelques semaines cette der-
nière, parce qu'alors rien ne lui seroit
plus aisé que de cacher cette aventure ;
et en supposant qu'il la confiât à la Mar-
quise, il a tant de preuves de sa façon
de penser à cet égard, qu'il ne devroit
point douter qu'elle ne lui pardonnât.
Nous en convenons : mais pardonnera-
t-elle à cette même Célie d'avoir cherché
à rendre son amant infidèle, et d'avoir
franchi, pour y parvenir, toutes les bar-
rières que lui opposoient ce qu'elle devoit
à l'amitié, ce qu'elle se devoit à elle-
même et à l'honneur de son sexe, et l'in-

différence que ce même homme avoit pour
elle ? La rupture entre ces deux femmes
devient donc inévitable, si la Marquise
a le plus léger soupçon de ce qui s'est
passé ; et si cette affaire dure seulement
quelques jours, le moyen de pouvoir la
lui dérober, avec une femme naturellement imprudente, et qui, sans se croire
aimée, ni même sans se soucier de l'être,
n'imagine prouver de l'amour qu'autant
qu'elle affiche de l'indécence ? Il ne sauroit donc trop enchaîner, à cet égard,
les idées de Célie, et l'empêcher, et de
se faire des illusions, et de se flatter de
pouvoir lui en faire à lui-même sur ce
qui s'est passé ; et il ne le peut mieux
qu'en rejetant, avec toute l'opiniâtreté
possible, tout ce qui pourroit donner à
ce caprice la plus légère apparence de
sentiment. Lorsque, pour déterminer une
femme, on a eu besoin d'orner le désir
du masque de l'amour, on ne peut, sans
la dernière cruauté, le lui arracher dans
l'instant même où, si quelque chose peut
la consoler de sa foiblesse, c'est la certitude d'être aimée ; mais loin qu'il ait

*eu besoin, avec Célie, de cette ressource
trop fréquemment employée, c'est lui
qui s'est défendu contre elle un temps si
considérable, qu'à peine peut-on le croire
d'un homme. Il ne lui doit donc pas,
après son triomphe sur elle, un aveu
dont il n'a pas eu besoin pour le remporter, et qui peut-être le mettroit dans
le cas de faire traîner quelques jours une
fantaisie qui, par toutes sortes de raisons, ne peut être ni trop courte ni trop
ignorée. Comme cependant il n'a pas
moins d'éclat à craindre de la colère de
Célie que de ses transports dans un autre
genre, il lui est de la dernière importance de l'amener, avec le plus de douceur qu'il lui sera possible, à se désister
de ses prétentions, et à ne se souvenir
de ce qui s'est passé entre eux qu'autant
et que lorsqu'il voudra bien se le rappeler. Nous osons croire fort délicate
cette situation, mais il n'y a que ceux
de nos lecteurs qui ont eu le malheur de
s'y trouver, qui puisseut la juger telle
qu'elle est, et nous pardonner même de la
peindre avec tant d'étendue.*

*Toutefois, Célie et le Duc ne peuvent
pas, l'un rêver, et l'autre se promener
toujours. Avec une femme de cette sorte,
on ne sauroit non plus en être quitte
pour lui faire une révérence d'un air
léger, et pour s'en aller après, soit parce
qu'on ne veut point parler, ou qu'on ne
trouve rien à dire. Le plus ou le moins
d'égards ne sauroit être ici déterminé
par le plus ou le moins de cas que l'on
fait de la personne : et Monsieur de
Clerval, pour être du même rang, n'en
est que plus fait, non seulement pour
sentir tout ce qu'il lui doit, mais encore
pour l'outrer, si cela est nécessaire : la
première chose à laquelle la politesse et
même son intérêt lui paroissent le con-
damner, c'est de prendre sur lui tous les
torts : et il s'y résigne sans peine : il se
rapproche de Célie avec soumission ; elle
s'éloigne de lui sans le regarder ; il
tente une seconde fois la même chose, et
ce n'est pas avec plus de succès : il veut
l'arrêter ; pour lors Célie, en s'échap-
pant, l'appelle monstre ; c'est, comme
chacun sait, l'injure consacrée dans les*

querelles de ce genre-là. Quand il voit qu'elle persiste dans sa rébellion, persuadé que l'air soumis qu'il a pris n'est propre qu'à l'y confirmer, il la saisit, l'entraîne sur sa chaise longue; et là, ne ménageant plus rien, en revient à l'entreprise qui lui a si bien réussi au coin du feu: qu'il ne la tente que parce qu'il a ouï dire qu'en général les femmes, en se plaignant de ces coups d'autorité, y cèdent toujours; ou parce qu'il a des raisons particulières de croire que Célie en sera encore plus étourdie qu'une autre; ou encore, que ce ne soit qu'un essai qu'il veut faire à tout hasard, c'est ce qu'à cause de la témérité qu'il y auroit à le faire, nous ne déciderons pas. Pour nous borner donc, ainsi qu'il nous convient, au simple récit des faits, Célie se défend d'abord contre l'audace du Duc, de façon à lui faire craindre que ce qu'il tente ne la révolte beaucoup plus qu'il ne la subjugue. Poursuivra-t-il, ne poursuivra-t-il pas son entreprise? L'un et l'autre de ces partis ont leurs risques: mais sans compter la

honte qu'il attache à céder, qui sait si
quelques instants de plus d'opiniâtreté
ne lui feront point remporter la victoire ?
Mais, dira-t-on, si ce triomphe l'intéresse si peu, pourquoi le chercher ? Est-
ce pour avoir avec Célie un tort de
plus ? Tout au contraire : c'est pour que
ce soit elle qui en ait un de plus avec
elle-même. Ah ! cette idée est bien barbare ! Point du tout, puisque ce n'est pas
gratuitement qu'il l'a, et qu'il n'y est
conduit que par le besoin où elle le met
d'échapper, s'il lui est possible, à l'aveu
pour lequel elle le persécute. Pourra-
t-elle, en effet, vis-à-vis d'un homme
à qui elle connoît beaucoup d'usage du
monde et des femmes, mettre sur le
compte de la violence seule (et de quelle
violence encore !) la nouvelle complaisance qu'elle aura pour lui, surtout s'il
peut parvenir à donner à cette complaisance un caractère qui ne permette pas
à Célie de la faire regarder comme absolument extorquée. Enfin, n'y trouvât-
il d'autre avantage que de se tirer, ne
fût-ce même que pour quelques minutes,

d'une situation fort critique, sera-ce donc pour lui si peu de chose ? Il est, d'ailleurs, impossible que Célie ne prenne rien sur lui : il y a mille femmes qu'on ne voudroit point aimer, et qui n'en excitent pas moins les désirs.

Quoique de la façon dont il a plu à Monsieur le Duc de parler sur le moment, il ait semblé vouloir que l'on ne crût qu'à l'usage des femmes, il n'en sera pas moins vrai que les hommes sont, autant qu'elles, soumis à son empire. Soyons justes jusqu'au bout : que de raisons qu'il est inutile à énoncer ici, pour qu'ils le soient bien davantage ! Mais quand cet instant-ci, malgré tout son amour pour la Marquise, agiroit moins sur Monsieur de Clerval, ceux qui connoissent les hommes savent trop combien, même avec une passion dans le cœur, de nouveaux plaisirs leur sont précieux, et tout ce que peut sur eux la curiosité, prise dans toutes ses acceptions, pour croire que, n'eût-il même, pour agir comme il fait, aucune raison de politique, le Duc se conduisît différemment.)

CÉLIE. *(Enfin, d'un air fort sérieux, mais d'un ton qui décèle plus de trouble qu'elle ne voudroit qu'on lui en crût.)* Écoutez, Monsieur de Clerval : la situation où j'ai le malheur de me trouver avec vous ne me permet pas l'éclat que je ferois avec tout autre, et qui me sauveroit de l'insolence de ses entreprises. Je me tais sur tout ce que mériteroient les vôtres ; puisque vous le sentez si peu vous-même, ce que je vous dirois sur cela seroit bien inutile. Il est, au reste, bien singulier que ce soit de la violence que vous vouliez tenir tout, lorsque l'amour auroit tant d'envie de ne vous rien refuser ! *(Elle attend ici un instant qu'il réponde et lui fait, du ton le plus doux, la question qui suit.)* Eh bien ! vous n'en voulez donc rien tenir, de l'amour ?

LE DUC. Mais se peut-il que vous me soupçonniez de sentir si peu l'effet de vos charmes ?

CÉLIE. Ce n'est là qu'une galanterie, et que j'ose même dire que tout autre m'accorderoit comme vous, et à meil-

12.

leur marché, assurément. Vous ne voulez donc pas me dire que vous m'aimez, que vous m'aimerez toujours ?

LE DUC. En vérité ! j'ai peine à concevoir comment, avec autant d'esprit que vous en avez, on peut tenir à ce point à de pareilles misères.

CÉLIE. En effet ! j'ai le plus grand tort du monde ! Je me donne même le dernier des ridicules d'exiger d'un homme, qui exige tout de moi, qu'il me dise qu'il m'aime !

LE DUC. Oui, vous vous en donnez un, puisqu'à cet égard le doute ne vous est pas permis.

CÉLIE. Que de mots pour un, et qui ne le valent pas !

Le lecteur remarquera, s'il lui plaît, que pendant ce dialogue, Monsieur de Clerval n'a pas un moment suspendu ce qui l'ocupoit ; et que Célie, soit qu'elle se flatte qu'il ne sauroit s'y fixer sans que cela le conduise où elle veut, ou qu'elle soit de ces personnes qui ne sauroient faire deux choses à la fois, dans l'instant qu'elle a recommencé à parler, a cessé toute résistance : et en ne sachant même la physique que médiocrement, on n'aura pas de peine à concevoir que sa fierté ne peut qu'en être considérablement altérée, Monsieur le Duc, surtout, n'ayant pas un seul instant perdu son objet de vue.

CÉLIE. *(Avec plus de désir que de pouvoir de se fâcher beaucoup.)* Monsieur... je vois bien quelle est votre intention... mais je vous avertis, si vous n'aimez pas les statues, que vous en trouverez une.

LE DUC. *(Du plus grand sérieux.)* Qu'à cela ne tienne : cette menace ne m'effraye pas ; il semble que Prométhée m'ait légué son secret.

Pour trouver cet endroit, un des plus beaux de cette histoire, aussi intéressant qu'il l'est, il faut se rappeler combien il importe à Monsieur de Clerval de ne laisser à Célie aucun prétexte, et combien il importe à celle-ci de pouvoir s'en réserver un. La menace qu'elle fait au Duc annonce assez, et peut-être même un peu trop, ses projets, puisqu'elle ne

peut les lui laisser deviner sans l'engager
à faire, pour qu'elle ne mette point ici
toute la sécheresse dont elle se flatte,
plus d'efforts qu'il n'en auroit fait : mais
sans compter qu'elle ignore les vues du
Duc, on sait assez combien la colère est
imprudente. L'impression que nous font
les choses ne dépendant pas toujours des
dispositions de notre âme, et y étant même
quelquefois toute contraire, ce n'est pas
à empêcher la sensation actuelle, mais
à la masquer si bien que le Duc ne la
saisisse pas, que Célie croit devoir se
borner. Ce n'est pas que, s'il est vrai
que Prométhée lui ait fait le legs dont
il se vante, la dissimulation qu'elle veut
se prescrire ne devienne d'un fort difficile usage. Il est plus aisé de feindre
ce qu'on ne sent pas, que de cacher ce
que l'on sent; et de prescrire la loi
qu'elle s'impose, que de s'y conformer,
surtout avec un homme de cette opiniâtreté. Mais peut-être qu'il se vante ?
A tout hasard, la plus grande majesté
doit ouvrir la scène du côté de Célie,
sauf à en rabattre, si elle s'y trouve

*forcée; comme, du sien, le Duc doit
tout tenter pour qu'elle ne puisse la conserver. Ce n'est pas, comme l'on sait,
que dans le fond il lui importe fort de la
mettre dans le cas de se manquer de
parole. Il y a des délicatesses qui n'ap-
partiennent qu'à l'amour, et des inquiétudes dont le désir seul ne sauroit être
susceptible : mais le seul moyen qu'il ait
pour simplifier cette affaire est ce qu'il
veut tenter; n'étant pas naturel que
Célie ose se plaindre d'une violence qui
ne l'aura affectée qu'en bien, ni qu'elle
ose redemander de l'amour, lorsqu'elle aura prouvé que la certitude de
n'en point inspirer n'a rien qui la dérange à un certain point. Comme nous
avons suffisamment rendu compte des
dispositions intérieures de nos acteurs,
tout ce que nous nous permettons d'ajou-
ter ici, c'est qu'après un long combat,
Célie est forcée, non de s'avouer vaincue,
mais de prouver qu'elle l'est. Ce qui ne
l'empêche point de faire au Duc de
nouveaux reproches de ce que n'étant
point son amant, et ne voulant pas l'être,*

il a exigé d'elle ce qui ne peut être dû qu'à l'amour.

Le Duc. *(D'un ton presque aussi léger que son propos même.)* Si ces sortes de familiarités n'étoient, comme vous le dites, permises qu'à l'amour, à quoi donc serviroit l'amitié ?

Célie. Ah ! Monsieur, les effets de ce sentiment ne se confondent pas plus que ces sentiments mêmes ne se confondent dans le cœur.

Le Duc. Parlez-moi, je vous prie, avec franchise : vous le pouvez à présent : est-ce que je suis effectivement le seul de vos amis à qui vous ayez accordé de ces privilèges que les amants s'arrogent à l'exception de tout le monde, et sans qu'on sache trop pourquoi?

Célie. Voilà bien, je crois, pour ne rien dire de plus, la question la plus ridicule qui se soit jamais faite! Mais vous m'avez mise dans le cas de tout souffrir de vous, et j'ose dire que vous en abusez cruellement.

Le Duc. Se peut-il que vous me rendiez assez peu de justice pour me soupçonner du dessein, aussi honteux qu'il seroit barbare, de chercher à vous humilier?

CÉLIE. Ah! je serois par moi-même bien loin de vouloir le penser : mais s'il est possible que vous ne l'ayez point, comment voulez-vous donc que j'interprète vos discours? Pouvez-vous me soupçonner capable de ce que vous imaginez, sans m'apprendre en même temps le peu d'estime que vous avez pour moi?

LE DUC. Vous croyez donc bien extraordinaire votre conduite avec moi? Hélas! ce qui vient de se passer entre nous se passe actuellement peut-être au coin de plus de cent cheminées de Paris, et entre gens qui n'en ont pas, je vous jure, d'aussi bonnes raisons que nous.

CÉLIE. S'il vous reste encore pour moi, Monsieur, quelque sentiment d'humanité, ne me parlez plus de cela, je vous en conjure; et laissez-moi m'affliger éternellement d'une foiblesse qui étoit si peu faite pour moi, et que, par cette raison, je n'ai pas assez crainte.

LE DUC. Je n'avois, en vous en par-

lant, d'autre projet que de tâcher de
vous en consoler ; et je croyois ne le
pouvoir mieux qu'en vous disant combien cette même foiblesse, que vous
vous reprochez si cruellement, a d'exemples.

CÉLIE. Ingrat ! puisque vous pouviez
si peu vous tromper à ce qui se passoit
dans votre cœur, pourquoi avez-vous
profité d'un instant d'égarement où le
goût que j'ai depuis longtemps pour vous
m'a jetée malgré moi-même ? Tout vous
faisoit une loi de ne vous en pas aperce-
voir. L'amour seul, et même un amour
aussi tendre que le mien, pouvoit vous
excuser de le porter à son comble.
Hélas ! je me suis crue aimée ; et dans
les moments mêmes où vous me mon-
triez le plus d'ardeur, c'étoit d'une autre
que de moi que votre âme étoit remplie.

LE DUC. Je suis coupable, sans doute,
et le suis même d'autant plus que le
reproche que vous me faites est moins
injuste. Je pourrois, si je voulois l'être
moi-même, vous dire que vous ne deviez

point oublier à quel point et combien
sincèrement je suis attaché à la Marquise : mais ce seroit vous faire un
crime d'un sentiment qui ne peut jamais
qu'honorer votre âme, et qu'il ne faut
pas toujours juger par ses effets ; ou à
qui, du moins, on doit les pardonner.
Comme vos charmes m'emportoient, il
étoit plus simple encore que dans un
instant d'ivresse, que mes transports
n'ont su que trop augmenter, vous ayez,
et plus tôt que moi encore, perdu de vue
ce même attachement qui, je le vois
avec une douleur égale à la vôtre, ne
me permettra jamais, peut-être, de répondre, comme je le voudrois, à la mal-
heureuse tendresse que je vous ai inspi-
rée. Mais qui, seul avec une femme aussi
aimable que vous l'êtes, ayant tant et
de si fortes raisons de s'en croire aimé,
eût résisté mieux que moi à l'idée des
plaisirs que lui promettoit une pareille
conquête ?

CÉLIE. Non, Monsieur, je ne m'y
trompe point, je n'agissois que sur vos
sens ; et j'ose dire que vous me deviez

13

d'en réprimer la fougue. Il est si vrai que ce n'étoit qu'à eux seuls que vous sacrifiiez, pendant que j'étois livrée tout entière à l'amour et à ses erreurs, que dans les instants mêmes où cela eût dû moins vous coûter, vous m'avez refusé (et avec quelle inhumanité encore !) de me dire ce mot qui, si j'eusse pris sur vous, autant que vous voudriez que je le crusse, vous seroit échappé malgré vous.

Le Duc. Qui ! moi ! ne le prononcer que pour le reprendre, et presqu'au même instant que vous l'auriez entendu !

Célie. Ah ! cruel ! j'aurois du moins joui du plaisir de l'entendre sortir une fois de votre bouche !

Le Duc. Non, je ne devois jamais me permettre de vous tromper.

Célie. Que de délicatesse ! Eh ! pourquoi n'en avez-vous pas eu assez pour m'empêcher de me tromper moi-même ? Mais la vôtre n'alloit point jusqu'à un si pénible effort : il vous en auroit coûté des plaisirs ; et c'est ce qu'un homme n'a jamais su sacrifier.

Le Duc. Mais, ma chère Célie, ne soyez pas injuste, et daignez un instant considérer votre position et la mienne. Je suppose que je répondisse à vos sentiments, comme vous le voudriez, et que moi-même je le désirerois...

Célie. Ah ! si vous le désiriez !

Le Duc. Eh bien ! que voudriez-vous que je fisse ? Amie intime de la Marquise comme vous l'êtes, me prescririez-vous de vous la sacrifier ?

Célie. L'amour seroit mon excuse.

Le Duc. Vous vous abusez, ma chère Célie, j'ose vous en répondre : loin qu'il vous excusât, on ne voudroit voir en vous qu'une femme sans mœurs et sans principes, qui auroit immolé jusqu'au sentiment le plus respectable de tous, au plaisir passager de satisfaire un caprice. Si l'amour ne justifie pas, même à nos propres yeux, les crimes qu'il nous fait commettre, comment peut-on se flatter qu'il les affoiblisse aux yeux des autres ?

Célie. Un caprice ! Eh ! pensez-vous que tout le monde me rendît aussi peu de justice que vous m'en rendez ?

Le Duc. Non, assurément! On ne vous rendroit pas la même ; et plût au ciel que chacun pût, comme moi, lire au fond de votre cœur! Mais, encore une fois, quel en pourroit être le fruit? Vous, qui connoissez si bien le public, pouvez-vous raisonnablement vous flatter que ce fût sur la violence de votre amour pour moi qu'il rejetât la plus odieuse des infidélités ; ou, puisqu'il faut le répéter, qu'il consentît à vous en faire une excuse ?

Célie. Ah ! s'il est vrai que ce soit un crime, que de femmes me condamneroient, ou l'ayant déjà commis, ou avec l'intention de le commettre, et peut-être avec moins d'effort que moi !

Le Duc. Je n'en doute pas plus que vous-même : mais puisqu'il paroîtroit inexcusable à celles mêmes qui s'en feroient, ou s'en seroient fait le moins de scrupule, quelles qualifications ne lui donneroient pas celles que la sévérité de leurs principes en écarteroit le plus ? Non, ma chère Célie, non, quelque amour qui vous transportât, jamais vous ne voudriez livrer au mépris, et dévouer à l'exécration publique, ni vous, ni ce que vous aimeriez.

CÉLIE. J'avoue, et vous me le faites sentir, qu'une pareille aventure feroit, en effet, à ma réputation un tort peut-être irréparable : mais à votre égard, que voudriez-vous qu'on y vît, qu'une inconstance à laquelle on est trop accoutumé de votre part, pour qu'on vous fît de celle-là un beaucoup plus grand crime que des autres ?

LE DUC. Voilà ce qui, avec votre permission, n'est point aussi vrai qu'il vous le semble. On est, et j'en conviens, fort accoutumé à me voir prendre des femmes fort légèrement, et à les quitter comme je les ai prises ; mais quelles sont celles, aussi, que je rends victimes de mon inconstance ? Si l'on peut même me pardonner de les prendre, ayant un engagement auquel je devrois tant de respect, c'est qu'on est sûr que, malgré le caprice qui m'emporte, tout y est et y sera toujours immolé ; mais plus ce même public envie et peut-être ne com-

13.

prend pas trop mon bonheur, plus il honore la Marquise de son estime, moins il me pardonneroit de payer tant d'agréments, de vertus et d'amour de la plus lâche et de la plus noire des ingratitudes. Moi! la quitter! Ah! je lui ferois horreur; et je devrois me la faire à moi-même.

CÉLIE. Encore une fois, je sens tout ce que vous me dites, et j'avoue que je n'ai rien à y opposer. Mais si je vous eusse été un peu chère, la Marquise ne vous auroit pas perdu, et je vous aurois conservé.

LE DUC. *(Avec tout l'air du transport.)* Eh! grand Dieu! que désiré-je donc au monde, que le bonheur que vous me faites envisager! Mais pouvois-je m'attendre à vous voir une condescendance qui paroîtroit devoir aller si peu avec l'amour?

CÉLIE. J'imagine (car je ne l'ai pas encore éprouvé) qu'il doit être affreux de partager ce qu'on aime: mais le malheur de le perdre doit être incontestablement plus grand encore.

Le Duc. *(Comme enchanté.)* Ah! il n'y a que l'amour, et l'amour même le plus tendre, qui puisse être capable d'un si grand sacrifice!

Célie. Bien des gens, peut-être, n'y trouveroient que peu de délicatesse.

Le Duc. C'est que ces gens-là seroient plus accoutumés à sacrifier à la vanité qu'à l'amour.

Célie. Je le crois à présent comme vous; mais ce matin encore, je pensois comme eux.

Le Duc. Hélas! c'est que ce matin vous n'aimiez pas.

Célie. Ce qu'il y a de sûr, c'est que je ne croyois pas aimer.

Le Duc. Cela revenoit donc au même: car le sentiment qu'on ignore doit être, à bien peu de chose près, comme le sentiment qu'on n'a point.

Célie. Je vous avertis, cependant, que je ne porterai pas l'indulgence au point où la porte la Marquise: je vous la passe; mais songez bien que je ne vous passe qu'elle.

Le Duc. Eh quoi! pensez-vous qu'aimé

des deux plus aimables femmes de Paris, je ne trouve pas en elles de quoi fixer mon inconstance ?

Célie. Vous le devriez, sans doute: mais vous avez depuis longtemps contracté une habitude à la légèreté qui, je l'avoue, me fait trembler pour le bonheur de ma tendresse.

Le Duc. Vous en aurez donc d'autant plus de plaisir à me voir fidèle ; mais parlons à présent un peu des arrangements qui nous restent à prendre. Vous ne désirez sûrement pas plus que moi que la Marquise ait la plus légère suspicion de ce qui se passe entre nous.

Célie. Ah ! ciel !

Le Duc. Vous n'ignorez pas qu'elle est d'une finesse et d'une pénétration exécrables ?

Célie. Elle m'en a donné assez de preuves pour que je doive en être plus convaincue que personne.

Le Duc. Ce n'est pas là tout : elle joint à sa sagacité naturelle une opinion de vous qui doit nécessairement la rendre plus difficile à aveugler sur le genre de

la liaison que nous venons de former,
que si elle ne l'avoit pas. Elle est, et je
ne sais pourquoi, persuadée qu'il n'est
point en vous de demeurer sans rien
faire ; et sans doute, si vous vous obsti-
niez à paroître toujours à ses yeux dans
le désœuvrement de cœur où vous étiez
tout à l'heure, elle ne voudroit jamais
croire qu'il fût réel, vous observeroit
sans rien dire, nous devineroit bientôt;
et je n'ai pas besoin, je crois, de vous
répéter à quel point il nous est important que cela n'arrive pas.

CÉLIE. Cela est dit et convenu ; mais
pensez-vous qu'en lui paroissant toujours
occupée également du souvenir de Prévanes et de la douleur de l'avoir perdu,
je ne parvinsse point à la tromper sur
mes dispositions actuelles ?

LE DUC. Je doute fort que cela suffît :
sans compter que, quelque bien qu'on
puisse jouer un sentiment qu'on n'a
plus, il est impossible de le rendre
comme quand on l'avoit, surtout à des
yeux qui l'ont vu dans toute sa vérité ;
elle est déjà on ne peut pas plus sûre

que vous avez à présent plus d'envie de regretter Prévanes, que vous n'en avez le moyen, et que, de plus, vous ne soupirez qu'après l'heureuse occasion de ne vous en plus souvenir du tout.

CÉLIE. Je ne sais sur quoi Madame la Marquise a pu imaginer tout cela : moi-même, jusqu'au moment où vous m'avez déterminée, je n'avois, je vous jure, aucune raison de penser que j'en fusse moins remplie ; et je ne conçois pas, par conséquent, comment elle a été voir le contraire dans mon cœur.

LE DUC. Ah ! sur cela, les autres voient souvent bien mieux que nous-mêmes, et de plus, c'est qu'il n'est pas possible que, quand vous avez commencé à m'aimer, l'idée de Prévanes n'ait point perdu dans votre cœur en proportion de ce que j'y gagnois, et que de cet instant vous ne l'ayez, sans le croire, plus mollement regretté, que quand vous y étiez tout entière.

CÉLIE. Oui, si je fusse convenue avec moi-même de l'impression que vous faisiez sur moi; mais, en vérité, je ne m'en doutois pas.

Le Duc. Mais pour croire ne pas aimer, m'en aimiez-vous moins, et pensez-vous que ce sentiment, tout sourd qu'il étoit dans votre âme, y fût absolument sans effet?

Célie. Vous-même, à ma conduite avec vous, auriez-vous jamais, aujourd'hui même, imaginé que nous fussions ce soir ensemble comme nous y sommes?

Le Duc. Non : je me doutois bien cependant de quelque préférence en ma faveur : ce n'étoit pas qu'en même temps je ne la sentisse fort restreinte ; mais il me paroissoit tout simple que, dans la position où vous saviez que j'étois, vous craignissiez de me la montrer dans toute son étendue, et la preuve que je vous devinois mieux que vous ne vous deviniez vous-même, est, en effet, le bonheur dont je jouis. Vous m'aimez, n'est-il pas vrai?

Célie. *(Fort tendrement.)* Si je vous aime !

LE DUC. Vous désirez par conséquent que je puisse toujours vous donner des preuves du goût que vous m'inspirez, et en recevoir de vos sentiments ?

CÉLIE. *(En le serrant dans ses bras.)* Si je le désire ! Quelle question !

LE DUC. Je vous ai fait, ce me semble, sentir l'impossibilité qu'il y a, même par égard pour vous, que je quitte la Marquise ?

CÉLIE. Que trop !

LE DUC. Vous ne doutez pas plus à présent du désir que j'ai que vous ne me quittiez pas non plus ?

CÉLIE. Je crois en effet, sans trop me flatter, que vous ne me perdriez pas sans regret.

LE DUC. Je le dis avec chagrin, mais la loi de tromper la Marquise nous est prescrite par tant de raisons, que nous ne pouvons, ni vous ni moi, n'y pas céder. J'ai beau y rêver, je ne vois pas de meilleur moyen d'y parvenir que de vous donner à ses yeux l'apparence d'une affaire nouvelle.

CÉLIE. Vous avez raison ; mais à

d'autres égards, cela me paroît bien scabreux.

LE DUC. Scabreux ! point du tout ; et serez-vous, d'ailleurs, la première à qui l'on aura donné un amant qu'elle n'avoit pas ?

CÉLIE. C'est une injustice qu'on ne nous fait que trop souvent, et même les trois quarts du temps sans que nous en sachions rien. Sans vous, par exemple, j'ignorerois encore que j'ai eu d'Alinteuil : je vous dirai, pourtant, que cela n'est pas agréable.

LE DUC. Il me semble, pour moi, que si j'étois femme j'aimerois mieux qu'on me donnât l'homme que je n'aurois pas, que ceux que j'aurois.

CÉLIE. On pourroit accepter le marché si l'un pouvoit sauver l'autre ; mais il n'y a pas même cela à y gagner.

LE DUC. Dans le fond, ces misères-là sont bien peu faites pour troubler le repos d'une jolie femme. Mais ne perdons pas de vue notre position. Qui prendrons-nous pour tromper la Marquise ?

14

Célie. En vérité, je n'en sais rien.

Le Duc. Pourquoi pas d'Alinteuil ?

Célie. *(D'un air de dégoût.)* Oh non ! on me l'a donné déjà.

Le Duc. Eh bien ! on vous le redon- neroit : le mal est-il donc si grand ?

Célie. *(D'un ton plus affirmatif encore.)* Je n'en veux point : il est jaloux comme un tigre, et s'il s'avisoit de deve- nir amoureux, il seroit insupportable. Vous savez, de plus, comment il est avec la Marquise; cela peut-il s'arranger ?

Le Duc. Vous avez raison : je n'y pensois pas. Aimeriez-vous mieux Man- selles ?

Célie. Eh ! bon Dieu ! qui vous fait donc penser à cet homme-là ? C'est l'être le plus ennuyeux !

Le Duc. On prétend que non, et l'on assure même que, quoique dans un tête-à-tête, de quelque longueur qu'il soit, il ne dise pas quatre paroles, nous n'avons personne qui ait l'art de les rendre aussi intéressants que lui.

Célie. Ah ! l'horreur ! lui-même doît

avoir bien mauvaise opinion d'une femme qu'il sait intéresser. Eh bien ?

Le Duc. Cela devient embarrassant.

Célie. Eh quoi ! n'y a-t-il donc dans le monde que ces deux hommes-là ?

Le Duc. Qu'importe qu'il y en ait d'autres, si vous ne voulez d'aucun ?

Célie. Mais enfin vous ne m'en avez nommé que deux : je puis n'avoir pas contre tous les mêmes raisons.

Le Duc. Pourquoi n'en cherchez-vous pas vous-même ?

Célie. Parce que ce n'est pas moi que cela regarde, et que, de plus, je ne crois point qu'il me convienne de désigner seulement qui que ce soit.

Le Duc. C'est-à-dire que vous craindriez que je ne devinsse jaloux d'un homme par la seule raison qu'il se seroit, plutôt qu'un autre, présenté à votre idée. Ah ! je ne suis pas si tracassier ! Voyons donc, puisqu'il faut que tout roule sur moi : connaissez-vous Bourville ?

Célie. Oui, mais pas beaucoup.

Le Duc. Comment le trouvez-vous ?

CÉLIE. Je vous dirai que j'ai pesé assez peu là-dessus.

LE DUC. Votre indifférence sur cela m'étonne.

CÉLIE. Elle n'a pourtant, à mon sens, rien que de fort naturel : pourquoi voudriez-vous que je me fusse plus arrêtée sur Monsieur de Bourville que sur mille autres ?

LE DUC. Parce qu'il ne mérite, en aucune façon, d'être confondu dans la foule, et que nous avons peu d'hommes d'une figure aussi distinguée.

CÉLIE. J'ai trouvé sa figure fort bien, et il m'a paru même qu'il y joint de l'esprit. Je pourrois au reste, si j'étois plus conduite par la vanité, en parler moins modérément, car il n'a pas tenu à lui que je ne le crusse fort amoureux de moi.

LE DUC. Ah ! ah ! je ne m'en étonne donc plus.

CÉLIE. Eh ! de quoi ?

LE DUC. Du désir extrême qu'il m'a témoigné de pouvoir vous faire sa cour.

CÉLIE. Il me l'a marqué aussi ; mais

comme il débutoit avec moi par des sentiments auxquels je ne pouvois pas répondre, je ne jugeai pas à propos de le mettre à portée de m'en parler encore. Ce n'étoit pas que je le craignisse ; mais Monsieur de Prévanes étoit d'une jalousie qui ne lui auroit jamais permis de voir tranquillement le rival, même le plus maltraité.

LE DUC. Vous fîtes fort bien ; mais l'amour de Bourville me dérange dans mes projets.

CÉLIE. Quels sont donc ceux que vous aviez formés ?

LE DUC. Comme il est aimable, j'avois imaginé de l'offrir aux soupçons de la Marquise ; mais puisqu'il est amoureux, cela ne se peut plus.

CÉLIE. Bon ! amoureux ! parce qu'il m'a dit qu'il l'étoit, vous croyez que je le prendrai pour tel ? De plus, il a une affaire à présent.

LE DUC. Ah ! une affaire ! si vous voulez : ce qu'il a ne mérite pas même ce nom-là, et je puis vous répondre qu'il n'a point de la chose une autre opinion

14.

que moi ; au surplus, quand il y attache-
roit plus d'importance, je suis bien sûr,
n'eût-il même pas déjà essayé de vous
rendre sensible, qu'il ne vous verroit pas
longtemps sans en avoir l'envie.

Célie. Cela pourroit fort bien aussi
ne pas arriver : ce qu'il a senti pour moi
étoit peut-être moins vif qu'il ne me le
disoit et que vous ne l'imaginez ; peut-
être même ne sentoit-il rien.

Le Duc. Ah ! c'est ce qui est impossible :
n'importe : comme qui que ce fût que
nous prissions, s'il ne vous eût point
encore dit qu'il vous aime, il vous le
diroit ; toutes réflexions faites, rival
pour rival, j'aime encore mieux Bourville qu'un autre.

Célie. Vous devez être bien sûr que
pour mon cœur, cela revient au même.

Le Duc. Vous consentez donc que je
vous le présente ?

Célie. Oui ; lui, un autre, qui vous
voudrez ; puisqu'il en faut un, cela
m'est égal.

Le Duc. Voulez-vous que je vous
l'amène demain ?

CÉLIE. Demain ! cela est bien prompt !
Il sembleroit, à votre empressement sur
cela, que vous ne pouvez vous voir assez
tôt un rival.

LE DUC. Je ne dois pas avoir besoin
de me justifier là-dessus ; mais je vous
avoue que la pénétration de la Marquise
me fait trembler ; et d'ailleurs, dans la
position où nous sommes respectivement, tant de choses dont on ne s'aper-
çoit pas soi-même échappent des deux
parts, que, pour l'empêcher de fixer ses
regards sur nous, je ne sais ce que je
n'imaginerois pas, et combien promptement je voudrois le voir mettre en
œuvre.

CÉLIE. Assurément ! vous avez une
belle peur de la perdre !

LE DUC. Je ne croyois pas que, dans le
soin que je prends de vous dérober à ses
soupçons, ce fût cela que vous dussiez
voir.

CÉLIE. *(Fort affectueusement.)* Ah !
Duc, ne nous brouillons pas !

LE DUC. Soyez donc raisonnable, et
n'allez point ne voir que de l'indiffé-

rence dans des soins qui doivent si évidemment vous prouver le contraire.

CÉLIE. Eh bien donc! je les prends pour ce que vous voulez. *(Après un peu de réflexion.)* Mais parlez-moi naturellement, et songez que c'est ici l'honnête homme que j'interroge.

LE DUC. Soyez sûre que ce sera aussi lui qui vous répondra.

CÉLIE. Ce que je vous inspire est-il de l'amour?

LE DUC. Si je n'en avois point pour la Marquise, je ne douterois pas que ce n'en fût.

CÉLIE. Puis-je raisonnablement me flatter que le goût que vous avez pour moi devienne jamais un sentiment?

LE DUC. Je l'ignore; mais, pour pousser la franchise jusqu'au bout, je ne le présume pas.

CÉLIE. Vous me donnez un bel exemple, et je vais l'imiter. Je connois peu Monsieur de Bourville: je ne sais si la froideur avec laquelle je l'ai vu venoit de ma prévention pour un autre, ou si c'est parce qu'il n'est pas né pour me

plaire davantage : je l'ignore exactement. Je conçois cependant qu'il est
possible qu'il plaise, et je n'en dirois pas
autant de tous les hommes que je vois
aimés : est-ce une disposition à lui rendre
encore plus de justice? N'en est-ce pas
une ? Encore une fois, je n'en sais rien.
S'il est vrai qu'il ait, lui, un goût de
préférence pour moi...

Le Duc. Je n'en ai pour mon garant
que la vivacité avec laquelle, depuis
trois mois, il me parle de vous ; mais il
en met trop pour que votre idée ne
l'occupe pas aussi fortement que je le
présume.

Célie. Depuis trois mois !

Le Duc. Oui, plus ou moins.

Célie. Non, vous ne vous trompez pas
au temps ; j'ai des raisons particulières
d'en être sûre. Puisque, dans des circonstances qui ne devoient pas lui
laisser le même espoir que celles où il
aura lieu de me supposer, il n'a pas
craint de me dire qu'il m'aimoit, il y a
apparence qu'il ne me verra pas longtemps sans me le redire. N'ayant plus,

moi, de motif apparent pour lui imposer silence, il faudra bien, surtout avec les idées que nous avons, que je me laisse persécuter de son amour. S'il vient à me plaire ? Avec la certitude que vous me donnez de ne pouvoir jamais vous voir à moi, comme je le désirerois, je ne vous cache pas que cela me paroît possible.

Le Duc. *(Après avoir paru rêver un instant.)* Eh bien, vous l'aimerez ! heureusement les droits de l'amant et les complaisances qu'on veut bien avoir pour l'ami ne sont point incompatibles.

Célie. *(Après avoir aussi rêvé.)* Pas absolument, il est vrai, à la rigueur... Cependant...

Le Duc. Quoi ! vous hésitez !

Célie. Mais non ;... cela me paroît pourtant assez difficile à arranger.

Le Duc. Point du tout ! C'est une erreur ! à moins, toutefois, que les complaisances que vous avez bien voulu avoir pour moi ne vous devinssent onéreuses. En ce cas...

Célie. *(Avec beaucoup de tendresse.)*

Onéreuses! Pouvez-vous le penser! je puis vous dire que, quand vous le craignez, vous ne rendez justice ni à vous ni à moi. Mais voyons moins les choses telles qu'elles sont, que comme un jour elles peuvent être. Sans avoir décidément de l'amour pour moi, ne pouvez-vous pas devenir jaloux des sentiments que je prendrai pour lui, s'il parvient à m'en inspirer?

Le Duc. Ah! cela seroit d'une déraison dont je ne saurois me croire capable.

Célie. Ne la supposons donc point: ne peut-il pas lui-même trouver trop tendre la sorte d'amitié qu'il y aura entre nous, et en soupçonner le genre et l'étendue?

Le Duc. Bourville n'est point jaloux, d'abord: de plus, comment voulez-vous que, présenté ici de ma propre main, il puisse jamais, moi surtout paroissant, non seulement approuver ses soins, mais même les appuyer, me regarder une minute comme rival?

Célie. Tout cela est vrai; mais s'il venoit, malgré toutes vos précautions et

les miennes, à avoir des inquiétudes ?
Vous sentez bien qu'en ce cas-là, pour
tranquilliser l'amant, il faudroit nécessairement retrancher à l'ami les complaisances qu'on auroit eues pour lui,
ou du moins les suspendre ; et cela pourroit bien ne se pas faire sans le fâcher.

Le Duc. C'est à celui qui a le moins
de droits, belle Célie, ou qui, pour parler
plus juste, n'en a que d'absolument pré-
caires, à se sacrifier ; et, pénétré comme
je le suis de cette vérité, je me flatte que
le retranchement que vous me faites
envisager, tout cruel qu'il me paroît, ne
m'arracheroit pas une plainte que vous
ne pussiez pas entendre.

Célie. Convenez que l'indifférence
rend bien raisonnable.

Le Duc. *(D'un air de dépit.)* Beaucoup moins que vous n'êtes injuste.

Célie. *(Toujours tendrement.)* Allez-
vous vous fâcher ? Suis-je donc si
injuste de croire que vous ne m'aimez
pas, lorsque vous ne cessez pas vous-
même de me le dire ?

Le Duc. Il n'y a donc, à votre avis,

aucune différence entre l'amour et ce mouvement que nous appelons le goût ? et vous pensez vraisemblablement qu'un cœur, parce qu'il est rempli du premier, est inaccessible à l'autre ?

CÉLIE. On prétend que cela devroit être, mais on a beaucoup d'exemples que cela n'est pas.

LE DUC. J'en suis un moi-même : j'aime la Marquise passionnément ; mais cela n'empêche pas que vous ne m'inspiriez un goût si vif qu'il m'est bien difficile de croire qu'il y ait entre ces deux mouvements toute la différence qu'on dit.

Pour terminer (car enfin il faut finir) Célie paroît douter de ce que le Duc vient de lui dire ; et comme par la différence trop réelle qu'il y a, quoi qu'il en dise, entre ces deux mouvements, ce qui ne seroit point du tout une preuve qu'on a de l'amour sert à prouver invinciblement qu'on a du goût, le Duc donne à Célie une conviction complète qu'il ne la trompe point. Tout se passe des deux parts avec une cordialité sans exemple.

15

*Après ils se reparlent de leur arrange-
ment et s'y confirment. Ensuite, on vient
annoncer à Célie qu'on a servi. Les
propos du souper ne devant rien avoir
de bien piquant, ce n'est pas la peine de
transporter nos lecteurs dans la salle à
manger : ap ès le souper, ils repassent
dans le boudoir : Célie y montre encore
des doutes ; le Duc les lève. L'heure de
se séparer arrive : il quitte Célie et va
chez la Marquise, qui, si, pour nous
servir de ses propres termes, elle le revoit
toujours fort tendre, doit cette fois,
selon toutes les apparences, le retrouver
un peu éteint.*

FIN

IMPRIMERIE

DE

MAGNY-EN-VEXIN

F. NAIN, DIRECTEUR

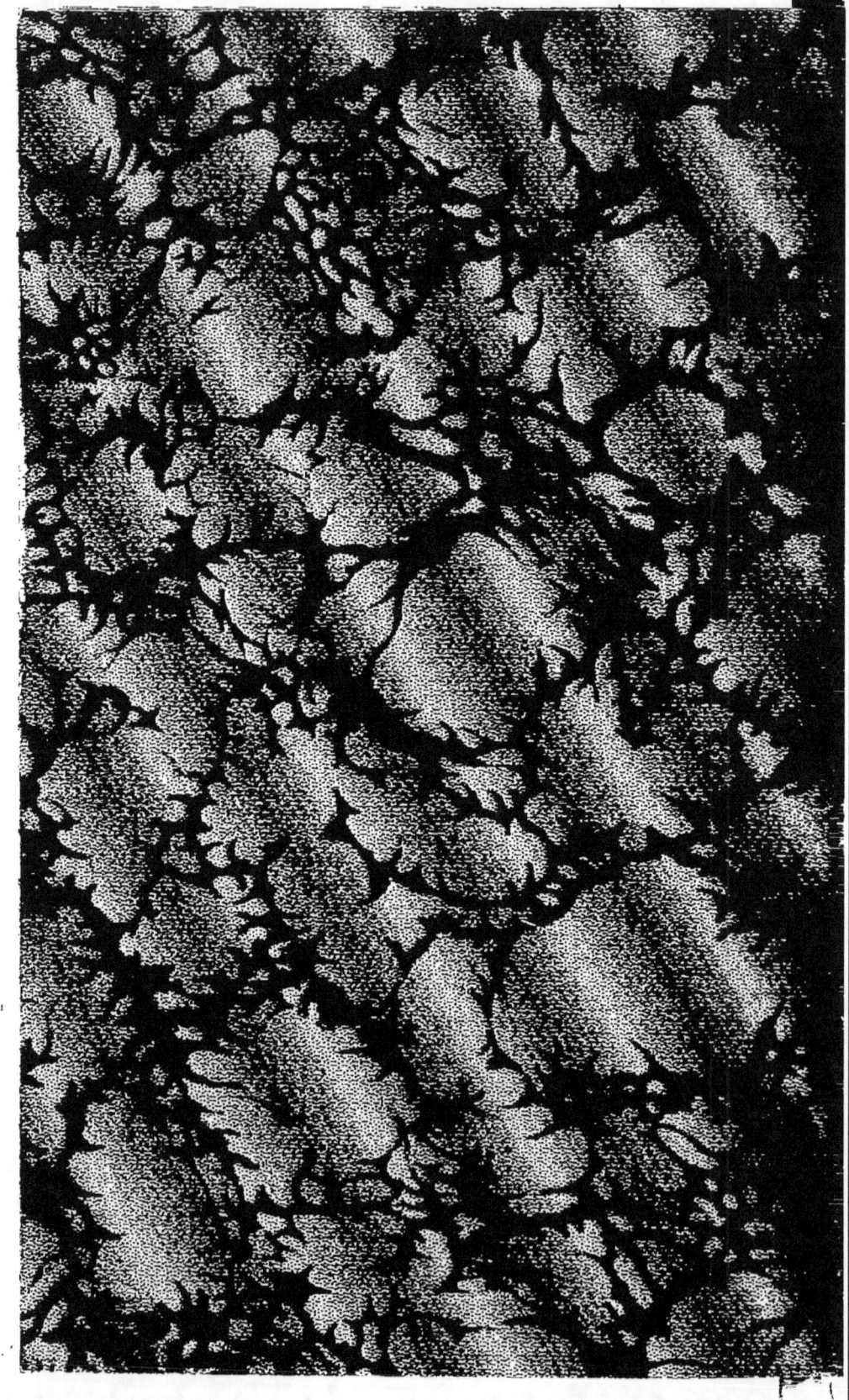

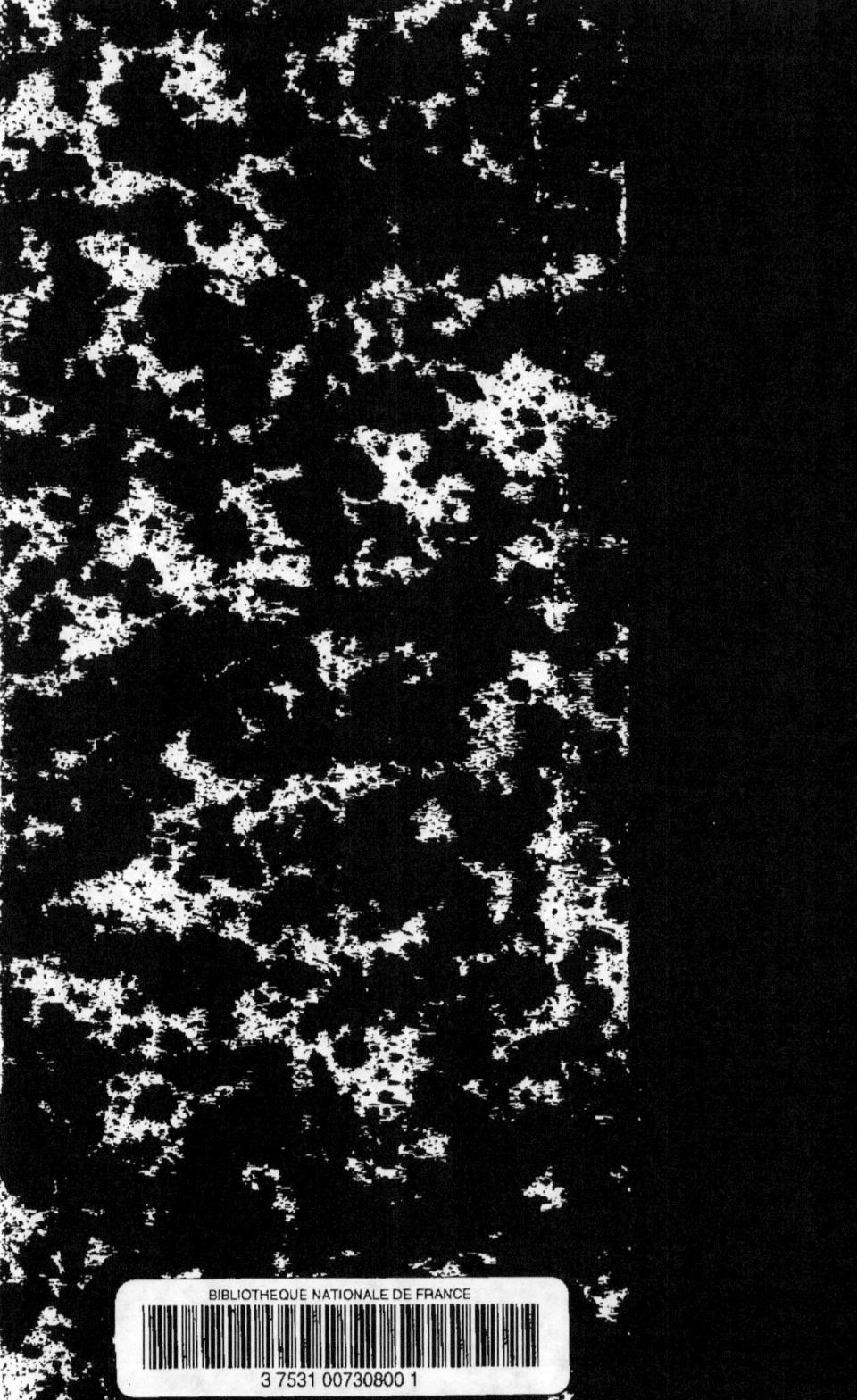

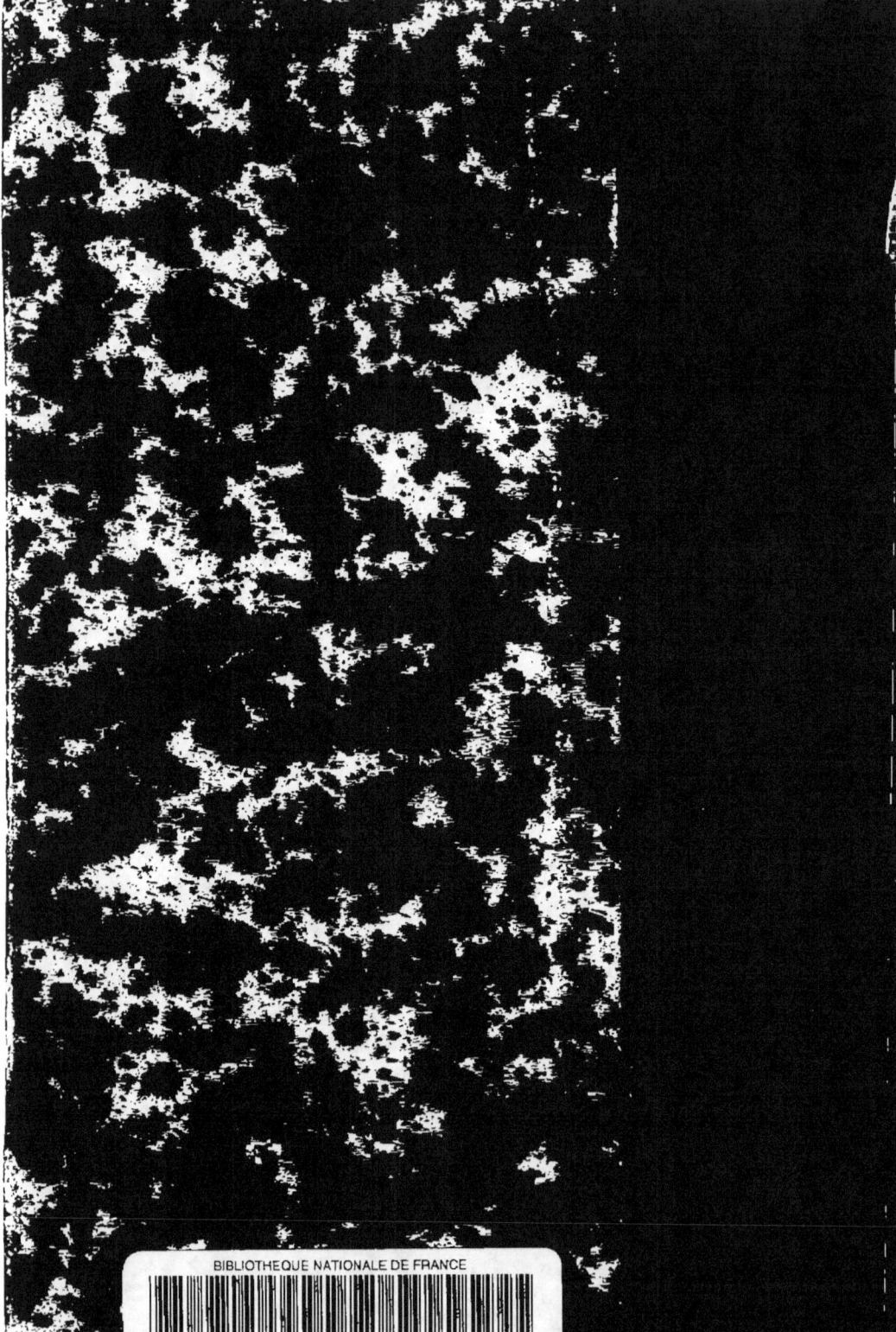

www.ingramcontent.com/pod-product-compliance
Lightning Source LLC
Chambersburg PA
CBHW070850030726
47504CB00005B/1295